鄭煥集

台灣作家全集

短篇小說卷

召集人／鍾肇政
編輯委員／張恆豪（負責日據時代作家作品編選）
彭瑞金（負責戰後第一代作家作品編選）
林瑞明（負責戰後第二代作家作品編選）
陳萬益（負責戰後第二代作家作品編選）
施　淑（負責戰後第三代作家作品編選）
高天生（負責戰後第三代作家作品編選）
資料蒐訂／許素蘭、方美芬、洪米貞
編輯顧問／
（臺灣地區）：張錦郎、葉石濤、鄭清文、秦賢次、
宋澤萊
（美國地區）：林衡哲、陳芳明、胡敏雄、張富美
（日本地區）：張良澤、松永正義、若林正丈、
岡崎郁子、塚本照和、下村作次郎
（大陸地區）：潘亞暾、張超
（加拿大地區）：東方白
（歐洲地區）：馬漢茂
美術策劃／曾堯生

台灣作家全集

短篇小說卷

上　一九四二年宜農四年級時的鄭煥
右下　一九五三年元旦，鄭煥結婚週年紀念
左下　一九五三年夏，純粹「農夫作家」時代的鄭煥

一九七一年七月，鄭煥獲中央文藝月刊徵文第二名領獎後與得獎人合影，右起鄭煥、林雪、副秘書長秦孝儀、左二黃雍廉

一九七一年擔任臺灣養殖雜誌編輯，自此改變了命運

鄭煥

一九七三年遊鼻頭角時留影

一九七七年八月合家歡

一九八八年二月，遊日本北海道時留影

一九八九年四月，遊美國舊金山時留影

一九八六年登玉山時留影

於苗栗仙山頂留影

出版説明

《臺灣作家全集》是臺灣新文學運動以來最有意義的選輯，也是臺灣文學出版上最具示範的創舉。全集係以短篇小說爲主體，以作家個人爲單位，涵蓋一九二〇年至九〇年代的重要作家，縫合戰前與戰後的歷史斷層，有系統地呈現了現代文學史上臺灣作家的精神面貌。

在內容上，包括日據時代，由張恆豪編選；戰後第一代，由彭瑞金編選；戰後第二代，由林瑞明、陳萬益編選；戰後第三代，由施淑、高天生編選。全集計劃出版五十册，後每隔三年或五年，續有增編，一人以一册爲原則，戰前部分則因篇幅不足，有二人或三人合爲一集。

在體例上，每册前由召集人鍾肇政撰述總序（文長兩萬字，首册爲全文，其它則爲濃縮），精扼鉤畫出臺灣新文學發展的歷程、脈絡與精神；並由各集編選人執筆序言，簡要介紹作家生平及作品特色；正文之後，則附有研析性質的作家論，及作家生平寫作年表、小說評論引得，期能提供讀者參考。臺灣面臨歷史的轉捩點，瞻前顧往之際，本社誠摯希望能對臺灣文學的出版、推廣、教育及研究上有所貢獻。

台灣作家全集

短篇小說卷

緒言

鍾肇政

時代的巨輪轟然輾過了八十年代，迎來了嶄新的另一個年代——九十年代。

發軔於二十年代的台灣文學，至此也在時代潮流的沖激下，進入了一個極可能不同於以往的文學年代。

然則這九十年代的台灣文學，究竟會是怎樣的一種文學？

在試圖回答這個問題之前，我們似乎更應該先問問：台灣文學又是怎樣一種文學？

曰：台灣文學是台灣本土的文學、台灣人的文學。

曰：台灣文學是世界文學的一支。

倘就歷史層面予以考察，則台灣文學是「後進」的文學；比諸先進國的文學，即使是近鄰如日本，她的萌芽時期亦屬瞠乎其後，比諸中國五四後之有新文學，亦略遲數年。

只因是後進的，故而自然而然承襲了先進的餘緒，歐美諸國文學的影響固毋論矣，即日本文學、中國文學等也給她帶來了諸多影響。易言之，先天上她就具備了多種特色集於一身，因而可能成爲人類文學裏新穎而富特色的一支——當然這種說法恐難免落入過分單純化機械化的發展論，未必完全接近實際情形。事實上，一種藝術的發芽與成長，土地本身的人文條件與夫時代社經政治等的變易更動，在在可能促進或阻礙她的發展。證諸七十年來台灣文學的成長過程，堪稱充滿血淚，一路在荆棘與險阻的路途上踽踽而行，備嘗艱辛。

職是之故，若就其內涵以言，台灣文學是血淚的文學，是民族掙扎的文學。四百年台灣史，是台灣居民被迫虐的歷史。隨著不同的統治者不同的統治，歷史上每一個不同階段雖然也都有過不同的社會樣相與居民的不同生活情形，而統治者之剝削欺凌則始終如一。七十年台灣文學發展軌跡，時間上雖然不算多麼長，展現出來的自然也不外是被迫虐被欺凌者的心靈呼喊之連續。

台灣文學創建伊始之際，我們看到台灣文學之父賴和以文學做爲抗爭手段之一的筆跡。他反抗日閥強權，他也向台灣人民的落伍、封建、愚昧宣戰。他身體力行，諸凡當時的抗日社團如文化協會、民衆黨和其後的新文協等，以及它們的種種活動，他幾乎是每役必與，並驅其如椽之筆發而爲〈一桿稱子〉、〈不如意的過年〉、〈善訟的人的故事〉等小說與〈覺悟下的犧牲〉、〈南國哀歌〉等詩篇，爲台灣文學開創了一片天空，樹立了不朽典範。

中期，我們又有幸目睹了台灣文學巨人吳濁流之出現。第二次世界大戰進入最慘烈階段之際，在日本憲警虎視眈眈下，吳氏冒死寫下《亞細亞的孤兒》，戰後更在外來政權戒嚴體制的獨裁統治下，他復以《無花果》、《台灣連翹》等長篇突破了統治者最大的禁忌。他不但爲台灣文學建構了巍峨高峰，還創辦《台灣文藝》雜誌，創設台灣第一個文學獎「吳濁流文學獎」，培養、獎掖後進，傾注了其後半生心血，成爲台灣文學的中流砥柱。

七十星霜的台灣文學史上，傑出作家爲數不少，尤其在時代的轉折點上，每見引領風騷的人物出現，各各留下可觀作品。此處暫不擬再列舉大名，但我們都知道，在統治者鐵蹄下，其中尙不乏以筆賈禍而身繫囹圄，備嘗鐵窗之苦者，甚或在二二八悲劇裏飮恨以終者。以所驅用的文學工具言，有台灣話文、白話文、日文、中文等等不一而足，蔚爲世界文壇上罕見奇觀，此殆亦爲台灣文學之一特色。日據時，曾有「外地文學」之稱，晚近亦有人以「邊疆文學」視之，唯她既立足本土，不論使用工具爲何，其爲台灣文學則無庸否定，且始終如一。

不錯，七十年來她的轉折多矣。其中還甚至有兩度陷入完全斷絕的眞空期，其一爲戰爭末期所謂「決戰下的台灣文學」乃至「皇民文學」的年代，以及戰後二二八之後迄國府遷台實施恐怖統治、必需俟「戰後第一代」作家掙扎著試圖以「中文」驅筆創作、接續斷層爲止的年代。一言以蔽之，台灣文學本身的步履一直都是顛躓的、蹣跚的。到了七十年代，鄉土之呼聲漸起，雖有鄉土文學論戰的壓抑，反倒造成台灣文學的欣欣向榮，入了八十年代，鄉土文學不僅成爲文壇主流，益以美麗島軍法大審之激盪，衝破文學禁忌成了不可遏止之勢，於是有覺醒後之政治文學大批出籠，使台灣文學的風貌又有了一變。

八十年代已矣。在年代與年代接續更替之際，正如若干年來每屆歲尾年始，報章上總會出現不少檢討與前瞻的論評文學，也一如往例悲觀與樂觀並陳，絕望與期許互見。有一明顯的跡象是嚴肅的台灣文學，讀者一直都極少極少，在八十年代末期的消費社會、資訊多元化社會以及功利主義社會裏，文學的商品化及大衆化傾向已是莫之能禦的趨勢，於是當市場裏正如某些論者所指摘，充斥著通俗文學、輕薄文學一類作品，純正的文學乃又一次陷入危殆裏。

然而我們也欣幸地看到，八十年代末尾的一九八九年裏民主潮流驟起，舉世爲之震動。繼六四天安門事件被血腥彈壓之後，卻有東歐的改革之風席捲諸多社會主義共產國家，連蘇聯竟也大地撼動，專制統治漸見趨於鬆動的跡象。（草此文之際，世人均看到蘇俄首任總統終告產生。）這該也是樂觀論者之所以樂觀之憑藉吧。

不錯，新的人類世界確已隨九十年代以俱來。即令不是樂觀者，不免也會睜大眼睛看著世局之演變並對它有所期待才是。而九十年代台灣文學，自然也已是呼之欲出！君不見繼八九年年尾大選、國民黨挫敗之後，台灣的民主又向前跨了一步，即令有第八任總統選舉的權力鬥爭以及國大代表之挾選票以自重、肆意敲詐勒索等醜劇相繼上演於國人眼睜睜的視野裏，但其爲獨大而專權了數十年之久的國民黨眞正改革前的垂死掙扎，彰彰在吾人耳目。

在九十年代台灣文學即將展現於二千萬國人眼前之際，《台灣作家全集》（以下稱「本全集」）的問世是有其重大意義的。過去我們已看到幾種類似的集體展示，計有《日據下台灣新文學》（明集，共五卷，明潭出版社，一九七九年三月）、《光復前台灣文學全集》（八卷，後再追加四卷，遠景出版社，一九七九年七月）、《本省籍作家作品選集》（十卷，文壇社，一九六五年十月）、《台灣省青年文學叢書》（十卷，幼獅書店，一九六五年十月）等四種。無獨有偶，前兩者均爲戰前台灣文學，後兩者則爲清一色戰後台灣作家作品。而其中，除最後一種爲個人結集之外，餘皆爲多人合集。值得一提的是後兩者出版時，白色恐怖仍在餘燼未熄之際，前兩者則是鄉土文學論戰戰火甫戢、鄉土文學普遍受到肯定之後，因此可以說各各盡了其時代使命。

本全集可以說是集以上四種叢書之大成者。其一，是時間上貫穿台灣新文學發軔到晚近的全局；其二，是選有代表性作家，每家一卷，因而總數達數十卷之鉅，堪稱自有台灣新文學以來之創舉。是對血漬斑斑的台灣文學之路途上，披荊斬棘，蹣跚走過的前輩們，以及現今仍在孜孜矻矻舉其沉重步伐奮勇前進的當代作家們之獻禮，也是對關心本土文學發展的廣大海內外讀者們的最大禮物。

（註：本文為《台灣作家全集》〈總序〉的緒言，全文請看《賴和集》和《別冊》。）

目錄

蛇與死亡合織的農民故事

——鄭煥集序——

彭瑞金

鄭煥是戰後第一代作家中，最具代表性的農民文學作家，三〇年代畢業於日據時代的宜蘭農校後，曾回到農村老家，過著長期從事實際農耕的生活，也嘗試過乳牛養殖。戰後從學習中文開始，逐漸成爲「亦耕亦寫」的典型農民作家。他的作品，絕大部分寫的是農民和農事，從農民與土地的依違關係，到農民的思想、感情世界，以及農民世界的特有價値觀，鄭煥的作品表現了相當純粹的農民文學。

和許多第一代作家相同，鄭煥大約在一九六〇年前後，克服中文寫作的障礙，邁向成熟，先後完成有《長崗嶺的怪石》、《茅武督的故事》、《毒蛇坑的繼承者》、《輪椅》、《崩山記》等短篇小說集，及《啓明嶺的少女》、《蘭陽樓夢》、《春滿八仙街》、《湖底人家》等長篇小說。七〇年代以後，鄭煥舉家遷離農村，放棄農耕的生活，到都市裏創辦《現代畜殖》雜誌，成爲另一種型態的農民，提供農民畜牧、水產的知識方面，卓有成就，然而，文學創作也就日漸步向休耕、廢耕狀態，鄭煥自承在創辦畜殖雜誌後，雖未忘情於文學，卻不得不成為文藝界的逃兵。

在七〇年代鄉土文學成爲顯學之前，鄭煥已經完全放下了創作之筆，但他那具有原始農民生活風貌，以及樸素地傳達農民思維的農民文學，無可懷疑地，正如所有戰後第一代作家的文學，扮演了本土文學精神承傳上，承先啓後的重要角色——做一個盡職的刻寫、雕琢斯土斯民、具有民族靈魂的作家。他曾經和一道出發的伙伴，齊步跨越由日文教育轉換中文寫作、以及「反共抗俄文藝政策」兩大文學歷史的鴻溝，支持他們在時代浪濤裏泅泳的力量，顯然不是高懸的文學以外的理念和口號，卻的確背負著本土文學走過最暗淡的一段，鄭煥是這樣的耕耘者之一。〈長崗嶺的怪石〉、〈渡邊巡查事件〉、〈茅武督的故事〉是鄭煥早期的代表作，這裏面，赭色高原的農耕經驗之外，日本統治、與日人交往的經驗，盟軍飛機轟炸下的恐怖生活滋味，與原住民相處的經驗，構成鄭煥小說中的許多異質，卻也因此饒富個人風味。山村居民對土地的偏執情感，以及原住民特異的民情習俗，也都經由作者的寫作歷程，蘊釀成獨特的思維方式。雖然，鄭煥的農民文學寫作情懷，由於後來轉移到更實際的農民服務——辦畜殖雜誌上，並沒有透徹完整的建構出農民文學的殿堂來，卻仍然成了風格獨樹的一種農民文學典範。

做爲農民文學的典範，鄭煥的作品卻很少直接描寫農民農事的辛勞和苦楚，他無意當農民的代言人，只是透過幾近泛濫的死亡故事和毒蛇環伺的陰影，反映了農民生活本質的虛無。鄭煥早期的作品寫的是不畏毒蛇、不嫌土地貧瘠、拒絕「平陽」（平地）繁華誘惑、緊抱土地的農民，也一再寫到背離土地的農民不幸的下場，表現了率直樸實的農民土地觀念；比較後期的鄭煥作品，雖然不再限定寫山鄉野村，也寫海港、寫城鎮故事，也寫走過紅塵的離鄉女子，卻也始終擺脫不了早先素樸的土地故事。鄭煥筆下的人物有愛有恨，愛恨卻也一如他對人與土地關係的描寫，直截了當，因此，早期的鄭煥作品所塑造的農民文學特性，實際上貫穿了鄭煥所有的作品。

《猴妹仔》是鄭煥七〇年代瀕近休耕前的作品，多少看出從山鄉向都市游移的迹向，早期作品裏，蛇暗示的詭異奇譎也被發揮得更透澈，像〈猴妹仔〉描寫平地人與原住民交易、交往這樣充滿山地風情的作品，或者像〈狗尾草〉描寫偷宰牛集團、山村異化故事的作品，以及〈黑潮〉、〈重疊的影子〉、〈蛇戀〉所寫的分屬於不同年代、不同生活領域、不同格調的變色愛情故事，都顯示了作品開始往眩奇繁複走的迹向。看得出來，作者內心想變、求變的意願。固然這些作品並沒有脫離素樸農村世界的價值觀，報復、報應都是俐落而率直的，蛻變的軌迹和辛勤，可以從〈禿頭灣的海灘〉、〈炮仔樹〉、〈春之聲〉或〈小船與笛子〉等小說結構繁複化、看出作者開拓作品視野的意圖。易言之，鄭煥的文學在此戛然而止，實在可惜！

蛇與死亡是鄭煥的作品雅好寫到的題材，《猴妹仔》裏的十三篇作品裏都有死亡，而〈蛇戀〉與〈蛇菓〉恐怕是《湖底人家》之外，鄭煥寫蛇作品的極致，將蛇與人性之間的牽連，寫得出神入化。其實，在這麼巨量的蛇與死亡題材中，作者對蛇與死亡正面的著墨並不多，顯然作者並無意探討這兩者具體的實質意義，只是表示那是生命中如影隨形的一種存在，暗示了生命的質與變。鄭煥的確從中掌握了做爲作家，非常獨特的人生觀察角度，特別是對他所熟悉的農民；面對思維獨特、具有異質的文學生命的休止，許多可能的文學質素未被透澈地發揮出來，讀鄭煥的文學，令人爲臺灣文學惋惜，也爲臺灣文學多難的發展找到新見證。

猴妹仔

一

猴妹仔有名有姓，但大家只管叫她猴妹仔，不叫她的眞姓名，或乾脆不去想知道她的名字，重要的是你當面叫她猴妹仔，她並不生氣也生不起氣來，於是大家更加的放恣了，一天到晚的猴妹仔，猴妹仔，叫慣了，覺得她眞是一頭天生的小母猴仔而不是人間女兒身。

猴妹仔的長相很特殊，個子矮小，臉蛋只有巴掌大，耳朵更小，還有那副眼睛，一切小人一號，眉毛稀薄，頭髮黃而微捲，身上卻長滿了相當粗厚的茸毛，包括臉面和手臂，眞是七分像人三分像猴，這就難怪人家要稱她爲猴妹仔了，她在我們的班上，於是我們有的是欺負或開玩笑的對象了，她不敢哼一聲，也沒有一個親戚朋友替她打抱不平，而我們又是勢大力大的，眞是天不怕地不怕，只有……

說時遲那時快，穿著紫葡萄和服、白襪、草履的岡崎老師來了，她的胸脯很突出，還有她的屁股，眞大得出奇，她看見我們嬉皮笑臉的在取笑猴妹仔，瞪大眼睛，嘟噥著嘴斥責我們：

「唔，吳太郎，你們又在欺負花秋蘭了，我常叫你們不要欺負她，你們又在欺負她了，這樣愛欺負她，我可不饒你們哩！」

岡崎老師的話很細很尖又很溫柔，根本嚇不到我們，而且她已經講過不止一百次「不饒你們」那句話了，但每次都饒恕，既不痛也不癢，我們何必怕她呢？我搶著告訴她：

「沒有啊，老師，我們沒有欺負她啊，只是問她最近有沒有客人到她家去？」

說到客人，後面幾個男女同學都嗤嗤笑起來了，所有到她家去的客人，我們老早便斷定是她媽媽的客兄〔情夫〕。岡崎老師蹙了下眉頭：

「有客人到她家去又怎麼樣？嗯，你們可不要再打擾她了，她要做課題吶！」

「壓力卡多。」

我們胡亂喊了一聲，叩了個小小的頭，背向她，把舌頭吐得長長的。岡崎老師只是來了一下，帶著在教桌上放著的一本書，走出教室去了，我大叫了一聲嘿，就跳上教壇上去，拿了粉筆就在黑板上畫起漫畫來。我畫的是一個女人的背面圖，頭和身軀都很短，頭髮蓬鬆，腿是蘿蔔腿，短而粗，而那個屁股可大得比我阿亮伯做的米籮還要大，大得古怪，這可使同學們大樂了，哈哈大笑個不停，聲音震撼了這簡陋的「蕃童教習所」的教室。

笑浪未已，聽見後面座位上一個同學噓了一聲，他們都及時「改邪歸正」，只有我一個還在教壇上比手劃脚，把畫像畫得更像個矮冬瓜、醜八怪，還有那屁股畫得更像我阿亮伯做的大米籮，又圓又大，當我聽見嘎嘎的雄壯的皮鞋聲時已來不及跳下教壇了，抓了幾下頭，忙著去找黑板擦，就要擦掉那說不定可獲得「少年俱樂部」雜誌漫畫比賽第一名的傑作，可惜岡崎巡查已經大喝了一聲：

「馬鹿野郎！」他用空手道的手法切了一下我的抓著黑板擦的手背，黑板擦隨著跳了一下，從黑板粉槽翻身出來，掉在教壇上去了。

岡崎巡查並沒有彎身去撿那掉落的黑板擦，卻迅速從黑板粉槽拿起了沾著不少粉筆灰的教鞭——一支結實的小桂竹條——，指指黑板上的漫畫，怒氣冲冲的發問：

「是誰，你畫的是誰？」

他還趁機捋捋他的仁丹髫子，先痛快痛快一下。

「我的媽媽。」我央求似的說，希望這個問答有奇蹟出現的作用。

「你的媽媽！」岡崎巡查的鑑賞能力顯然頗高，用懷疑的語氣說：「你的媽媽的屁股有這麼大？唔，有嗎？呔，你在撒謊，你顯然畫的是岡崎老師！大馬鹿野郎！」

他的桂竹條飛過來，我的屁股發出拍的聲音，也感到一陣劇痛，本能的把屁股往前凹縮進去，但當屁股剛恢復原狀的時候又飛來一記，又一記，打得我哀哀告饒才罷休。

「下次不要再亂畫，知道嗎？」

「知道啦！」

我摸摸屁股，彎起腰，撿起黑板擦才無精打采的擦淨黑板。

二

月光下的山谷顯得很寧靜，蔗廍〔舊糖廠〕的工作也停頓了，只有煮糖的工作日夜在進行，這是製糖的季節，氣候有些寒冷，但天氣蠻好，尤其月夜，令人留連。時間還早，鐵線橋和小小的街都有人走動、聊天或在做些夜裏也可以做的活，比如編織竹籃、竹笠或剝藤皮等等。

阿亮伯還在他的工寮裏，他的工寮很簡陋，是用竹柱和竹片搭蓋的，以避風避雨，裏外放滿了各種各樣的竹子，其中大小桂竹最多，是他編籮編籃最好的材料，他一整天埋在那些竹堆裏，心無二用的編織著他的籮子或籃子。

阿亮伯臉上的墨痕，在月光下顯得更加的濃黑，更加的威風。

「嘿，阿亮伯，你好用功！」我揚高聲音跟他打打招呼，走進了他的堆竹場。

「嘿，太郎，你來啦！」阿亮伯仰起了他的臉，停下他編織不停的粗厚的手。

我趨前去用手把他的臉扳過來，看看他的墨痕。他的顋頰的鬍子也長長了，他平時很儉省，連剃鬍子的錢都捨不得花。

「阿亮伯，你這臉上的墨痕好威風哦！」我非常的羨慕，我直覺的以爲那就是表示阿亮伯年輕時候的英勇事跡，帶着弓箭，就在這山谷間叱咤風雲。

「若是幾前年，你也快到那個年齡了，」一談到他的墨痕，阿亮伯目光炯炯，聲音也帶着無限興奮的意味：「你的阿彩姑丈是刺墨專家，他刺的可比別人刺的要漂亮多呢！」

「阿彩姑丈還會替人算命、醫病，是我們部落最偉大的人！」

「可不是！」

談到阿彩姑丈，全茅武督的人都感到光榮，雖然阿彩姑丈老了，不替人刺墨、算命或醫病，但阿彩姑丈在大家的心目中依舊是光榮，依舊是驕傲。

阿亮伯，我覺得已夠值得尊敬，阿彩姑丈更不用說了。這阿亮伯雖然只是個篾匠，大概因爲每天蹲在那兒想東想西，所以有時講話很有點兒意思，也最愛講故事，把茅武督的所有故事都講遍了，最後使人不得不相信曾住在這裏的祖先們是世界第一流的英雄好漢或貞女烈婦。

阿亮伯雖然是個哲學家，但他畢竟不是什麼聖人，平時勤勉，到有所收穫時又一股腦兒的浪費掉了，當他挑着他辛苦的結晶——籮筐籃篦等到山下小鎮上去賣，阿亮伯母就抱着半個天那麼大的希望，但阿亮伯帶回來的卻是一臉醉態，一倒下竹床就呼呼大睡，不睡他個兩天兩夜不會甦醒過來，阿亮伯母雖也試著去找他的荷包看看，但總是囊空如洗的了，於是阿亮伯母只好咬咬嘴唇，喟歎一聲，等待著下一個收穫季節。

我正陶醉在阿亮伯所描述的奇異的世界裏，忽然看見猴妹仔，她扶着似是患病的踉蹌走路的中年男子，一拐一拐的走向山裏去。月光照着路，白白的，也把丈把高的白樺樹照出了斑駁的影子，投在碎石路上。

「喂，阿亮伯，你看！」我提醒阿亮伯，阿亮伯早已看見那個景象了，好久才沉重的吐出了一句話：

「從此，茅武督要多事了！」

「你說他是個流氓？」

「我不知道，」阿亮伯把烟絲塞滿竹烟筒裏，點上了火，幽幽噴了兩口才說：「也許是，也許不是，無論如何，那猴妹仔一家人也該倒楣啦！」

三

我逃學了，岡崎巡查居然這樣虐待我，我當然只有逃學一途，爸媽不管我，管我的倒常是岡崎巡查夫婦呢，以往他們看我這樣天天缺課，不僅好言勸我，還要帶一大包糖果來哄我，要我去上學，學他媽的阿姨餵鴨鵝什麼的。

「太郎呀，讓他在家裏看牛好啦！」

當岡崎巡查來，爸常這樣冷冷的回答他，爸才不怕岡崎巡查吶，他還常嘮叨著說我去上學，家裏的牛沒人照顧，慢慢兒的瘦下來了。家裏養的是一頭母牛，這個畜生每隔一段時期就發燒〔發情〕，一發燒就惹得滿山遍谷的公牛跟在牠屁股後面死也不肯走開，然後母牛懷孕了，接着生小母牛了，爸媽高興，我可一點兒不高興，因爲又多了一項工作了。

我逃學，爸最是求之不得。他還要我一邊看牛一邊拔菓樹園裏的雜草吶，這些一大片死雜草也眞叫人討厭，剛拔過沒幾天，它們又長高了，長密了，一片綠油油的。

聽到爸爸冷冷的回答，岡崎巡查總要慌張一陣子，說：

「不，不，還是讓他上學讀書的好，唔嗯，老吳，你看以前的偉人，能做那麼偉大的事業，還不是少年時代多讀過書的關係？嗯，讓他讀書吧，太郎說不定也會變成大人物哩！」岡崎巡查還焦急的捋捋他的古怪的仁丹鬍子。

我爸心軟，雖然他的臉上也畫著像阿亮伯一般的墨紋，但我爸的心沒有我媽的心狠，我媽可算是眞正的「知子莫若母」了，她揚高尖嗓子反駁岡崎說：「讀書有什麼用？阿勇、阿仙、牛子他們還不是讀過書，現在耕田的還是耕田，砍樹的還是砍樹，牽豬哥的還是牽豬哥，讀書還不是等於浪費時間，哼！」

媽說得一點兒沒錯，阿勇、阿仙和牛子他們都是蕃童敎習所的前幾屆畢業生，但他們照樣跟著他們的爸媽在耕田、砍樹和牽豬哥，牛子那個小妹仔畢業後曾鬧過一陣子的彆扭，說她死也不願意做牽豬哥的生意，還給她爸捆着猛打一番，後來才不敢嚷叫了，乖乖的趕著她的豬哥，翻山越嶺的去賺她的錢。

牛子的爸還到處鼓吹「讀書之害」，讀了幾年書連牽豬哥都不敢了。全茅武督的人都深信那句話很有道理。

岡崎聽了我爸的話，搖搖頭，聽了我媽的話，抓抓頭，他知難而退了，第二次來時就帶著一包糖果來，其他的話我可一概不管，但糖果可不能不要啊，我接了糖果就默默的揹起書包要跟著岡崎到設在駐在所附近的敎習所去，當岡崎一扳過臉去的時候，爸用迅雷不及掩耳的快動作把半包糖果搶了過去，狠狠的瞪著我，殺著聲音罵我說：

「小鬼，這麼一大包就想一個人吃掉？吃多了，牙齒會蛀掉哩！」

他來不及似的先把一塊糖拋在口腔中，這才若無其事的做他的事去了。

我要逃學，眞是天經地義，天不怕地不怕，岡崎巡查有時在教室裏表現得相當兇，但一離開教室，他就毫無辦法，教習所的成績不好，他還會挨郡役所或州廳的官員們的罵呢，誰叫他那麼兇！最後他只好自掏腰包買糖果哄我們。

今天我又逃學了，我先去蔗廍聊一陣子，這裏煮糖室的阿秋哥可是最有意思，他已經有四十多歲了，還是孤家寡人一個，家裏有一個老母親，這個老母親可是個老頑固，阿秋哥本來結過三次婚，但媳婦跟翁姑之間不合，先後都逃掉了，最長的曾住過一年半，但阿秋哥並不怨恨母親，照樣快快樂樂的過著他的煮糖日子。他們是平地人，這裏是山地人跟平地人雜居的小部落，蔗廍就是平地人所經營的。

白天，「蔗輪仔」的地方也很有趣。瘦瘦的甘蔗從臺車一車一車的運過來了，有些人的甘蔗是由牛車運來，一大堆一大堆的堆在「蔗輪仔」的旁邊，由工人一批一批的放在蔗輪仔裏邊的溝槽去，大型的兩個蔗輪仔就在那裏碾過，於是蔗汁便被壓榨出來了，那巨大的兩個石輪仔是由兩頭大水牛拉動的，兩頭大水牛一整天就在那蔗輪仔外邊的規定的通道打圓圈，無休無止的。

有人說阿秋哥人好，也有人說阿秋哥人好得太過份，後面那種批評也許才眞對的，有時他的逃妻來了，跟著她的客兒，阿秋哥看見了也視若無睹，連哼一聲都不敢，還是默默的做著他的工，在蔗廍，他是老資格，在煮糖室已經待了好幾年了。

我到蔗廍去總要撈回一點東西，甘蔗啦、煮好的糖啦什麼，好一邊吃一邊玩耍，蔗廍的工人們看見我來，他們像趕狗似的要趕我走，我才不怕他們呢，這個光天化日，我又偷偷地溜進來了，瞪大眼睛這裏瞧那裏瞧，忽然背後有人挨近來，吃了一驚，險些驚呼大叫，睜眼一看，不是別人，是猴妹仔：

「喂，猴妹仔，妳怎……」

我想問她怎麼也會到這裏？她噓了一聲不肯讓我繼續說下去，要我一同在那較爲偏僻的角落裏等著，沒有幾秒鐘，熟悉的影子跟著細碎的脚步來了，是阿秋哥，「嘿，太郎，你也在這裏！」

阿秋哥的手裏偷帶著一樣東西，他暱然一笑就把那個東西交給猴妹仔，說：「兩個人一起吃，快走，不要給別人看見！」又追加了一句：「喂，秋蘭，妳跟妳媽說，我一兩天內會去一趟。」

阿秋哥說完，若無其事的走向蔗輪仔那邊去了，猴妹仔從破籬笆口鑽出去，我也跟著出去。

猴妹仔手裏拿的是一支竹筒，我知道了，那是裝滿一筒的粘粘的黑糖，嘿，最好吃的東西！

「喂，先給我嚐嚐！」剛走到無人的小岔路上，我便把竹筒搶過來，挖出裏邊的黑糖嚐嚐。

「我本來就是要給你嚐的嘛，何必這麼急？」猴妹仔埋怨的說：「你沒上課，我也正要到你那裏找你去玩！」

「妳也逃學了？」

「嗯。」

「爲什麼？」

「唔，也不爲什麼……」隔了一會兒又追加了一句：「你不上學嘛，我也覺得沒什麼意思！」

「嘿，多怪！」我羞愧的抓了抓頭髮。我全不懂猴妹仔的意思，在學校，我可把她欺負得像什麼似的，誰叫她那麼好欺負，七分像人三分像猴，若是她像個一般的女孩子，我怎樣欺負她呀。

她也是個特笨的女孩子，尤其算術，在教習所快躭了六年了，但到如今，起碼的乘法都搞不清楚，譬如有一次作業，十四乘三，她的回答寫着四十四，我大叫大嚷起來，連自己算錯了也不知道：

「嘿，你們看猴妹仔，十四乘三，答案是四十四呢，五十二，她竟然算做是四十四，哇哈！」

同學們也哄的一聲笑了起來，嚷着十四乘三是四十四，十四乘三是四十四，使得猴妹仔笑也不是，哭也不是，後來岡崎老師知道這原委，用那根桂竹鞭敲着我的腦袋殼，先唸了一聲阿彌陀佛，這才說：

「十四乘三，不是四十四，難道是五十二麼？狐狸莫笑猫，你在黑板上算算看！」

給罰做一次算術。

話雖這麼說，我取笑猴妹仔的目的已經達到了，至於我自己，誰敢取笑？

四

猴妹仔釣魚的姿勢最有趣也最神氣。

她戴著頂用棕毛自編的草帽，草帽邊兒是自然伸出來的棕毛，非常別緻。帽子很大，她的個子很小，顯得尤其大。

她靜靜的坐在深潭邊，兩邊都是垂直的巖壁，巖壁上長著野蘭什麼，不斷的有清冽的泉水沿著巖壁流淌下來，還有偶爾劃破岑寂的嘰嘰呱呱的聲音，那是野猴群，牠們在斷崖上的樹林上追逐嬉戲。

猴妹仔伸出右手臂，悠悠盪盪的，那根細長的桂竹竿就到了潭心了，水從彼岸上頭進，下頭出，因此潭心的水像是靜止的，而浮在潭心上面的浮標也是文風不動。

「妳那裏新來了個阿奇桑是不是？」我問她。

「嗯。」她點點頭回答，仍注視著潭心的浮標。

她一心想釣魚，不太願意理睬我。

「阿奇桑是哪裏人？」

「山下。」

「他姓什麼？名字叫什麼？」

「嗨！」她焦急的歎了口氣，但還是回答了我的話：「我才不知道呢，我媽叫他紅瓦窯，我只管叫他阿奇桑。」

我再挖出一塊黑糖含在口裏，連把手指頭沾著的也全舐進去了，這才不勝留戀的用潭水洗洗那隻手。

把黑糖完全吞下去，還不厭其煩的舐淨嘴唇。

浮標動了，她迅速的抽起釣繩，一條三指大小的香魚給釣上了，猴妹仔朝我露出了欣然的微笑，帶着點少女美的微笑。

她把香魚丟在水邊浸沒着半腰的小籐簍裏，又去掛蚯蚓，擲回到潭心去，我又開始嘮叨：

「妳那阿奇桑做什麼工作?」

她在搖頭，隔了一會兒才說:「他現在還在生病嘛，聽說他是個牛販。」

「牛販?」

「就是把牛買來賣去的嘛。」

「嗯，這我知道，不過他在哪裏做牛販啊，我怎麼全沒看見過他?」

「他在山下嘛，很多茅武督的人還不是認識他!」

「妳媽媽認識全世界的男人，」我故做聰明的說:「阿亮伯也認識他，大概那個阿奇桑很有點名氣。」

我那時已經把阿亮伯說的那句話忘得一乾二淨了，阿亮伯曾意味深長的說:「那猴妹仔一家人也該倒楣啦!」

若是我記得這句話，我就把它背給猴妹仔聽了，但這時我只顧那竹筒裏的又甜又香的黑糖，竟然把那麼有趣的話給忘了。

猴妹仔好像瞪了我一眼，但她還是去注視浮標要緊，於是有一陣子我也緊閉嘴巴要她專心去釣幾尾魚，果然不錯，在沉默中她漸有所獲，每次把釣得的香魚、白哥等丟進小籐簍，小籐簍的魚兒們就掙扎了，發出噼哩拍拉的水聲。

斷崖上的野猴仔在聒噪，嘰嘰呱呱叫個不停。

猴妹仔的浮標又不動了，好久好久，猴妹仔心煩起來了，仰起了脖子就往上喊：

「你們這些夭壽猴仔，還不給我閉起嘴巴，待老娘發狠，看你們要逃到哪裏去！」

嘰嘰呱呱……

嘰呱……

………

猴仔們不叫了，像是眞聽懂了猴妹仔的話，沒多久，浮標動了，猴妹仔又迅速把一尾好大的金色河鯉釣上。

「嘿，眞有一手！」

我不覺讚歎。

猴妹仔又朝向我露出那帶著少女美的微笑，慘兮兮的。

雖然看不見，但她的家就在上頭的山腰裏，那是密林裏的獨戶人家，是野猴仔棲息的地方。

「妳釣了不少，」我不服氣的說：「其實就憑着這雙手，我也捉得到魚，妳等着瞧吧！」話還沒說完，我已經脫光了衣服，赤條條的，然後撲通一聲跳了進去。

夏天，我來過幾趟，水沁涼，而現在已經是深秋了，水冷得像冰，潛到潭底沒有幾秒鐘，我倉皇的爬起來了，臉色蒼白，一如掉在陰溝裏的哈巴狗。

「好冷噢！」

我打了幾個寒噤，趕緊去穿衣服，牙齒格格作響，怪難受的。

猴妹仔的釣竿已經收起來了，她還是默默的忍受着我的惡作劇。

「那裏有大鱸鰻，哈，哈，啾！」我上氣不接下氣，但仍然逞強的：「有一天我要捉到牠！啊，哈，哈，啾噢！」

「太郎，你何必自討苦吃？」猴妹仔幽幽的開腔：「我要到的糖已經給了你，釣到的魚也可以給你，喏，全部給你，拿去吧！」

她從水裏提起了小籐簍，裏邊立刻響起了活活潑潑的跳躍聲，尤其那尾金色河鯉像個霸王似的蹦跳着，險些從簍嘴跳了出來。

我楞然的接了過來，猶不敢全信的問她：

「要給我？這些，唔，全給我？」

「嗯。」

「那妳呢？釣了半天，空着手回去，不是太沒意思了嗎？」

「我還要捉鳥去，或者去趕穿山甲，只要我去，總有點收穫。」

「一點兒不錯，妳總是有收穫的，不會空着手回去！」

這句話倒是眞眞實實的，她的手最是靈巧，神妙之至。

五

猴妹仔的房舍很窄，只有一小長間低矮的竹寮，入門處該是她們的「大廳」了；有少許的空間，靠裏還安放著當爐子用的幾個石頭，以及幾件簡陋不過的飲食用器具，房間兩端有竹榻，猴妹仔佔著一張，她的媽媽佔著一張，遙遙相對。

房間都給熏黑了。

幾天後，當我跟猴妹仔一同到這裏的時候，那個被稱爲紅瓦窯的阿奇桑就在猴妹仔媽的竹榻上，不過他並非躺著而是坐著，低著頭，傴僂著背，顯得十分沮喪。

我們和和氣氣的叫了聲阿奇桑。

「噢噢，秋蘭，妳帶着朋友來了。」

阿奇桑的臉上很多皺紋，臉面長了點兒，魚尾吊了起來，給人一種兇惡的感覺。臉色黧黑，表示他是個十足的肉體勞動者或者是個僕僕風塵的江湖郎。

他的臉上沒有墨痕，他不是本地人。

「這是我的同學呢，他叫太郎。」猴妹仔告訴他。

「阿奇桑，」我學著乖孩子的樣子：「你身體不舒服是不是？」

「嗯嗯，」他柔和的笑笑。皺紋都擠在一起。吊魚尾皺得更加的厲害：「跌了一跤，腳踝受傷了，唔，沒有什麼，過幾天就好了，嘿。」

喀隆，呸！他在牆角下吐了口濃痰。

他想站起來，還沒走兩步，叫了一聲唉喲，又踉蹌坐回到竹榻去。猴妹仔立刻趨前去，一邊說：

「你且別站起來嘛，要什麼，我替你拿！」

「想喝開水，唔嗯，一口開水。」

他呻吟著，指著前面地上的一堆器具。

「我去倒給你！」

猴妹仔眞的從燻黑的粗陶茶罐裏倒了一杯開水給他，他發出嘖嘖的吸吮聲響，一下子就把它喝光了，才重重的吐了口氣，說：「唔，很好喝，謝謝妳啊，秋蘭！」

「沒有什麼。」猴妹仔把茶碗接回來放在剛才的地方。

紅瓦窯在撫摸著他的腳踝，那裏用花布包著，花布外面是濕濕的，裏邊敷著的大概是些青草藥。

金金的水烟袋，他先點燃紙捻，再去點燃他的烟，咕嚕咕嚕抽起烟來。

「阿奇桑，你那烟袋好好玩哦！」我跟他說，在心裏，我在暗忖那種金金的絕妙的烟袋不知値幾多錢。

「好好玩吧，嘿。」他露出猙獰的笑，接下去說：「平地，好好玩的東西可多著呢，而且賺錢容易，嘿。」

「阿奇桑是做牛販的？」

「嗬，連你也曉得了，是不是秋蘭告訴你？嗯，秋蘭還告訴你些什麼？」

「沒有啊，她說你脚疼，在這裏療養，唔，她還說你人很好，很有趣……」

「哈哈，秋蘭這樣告訴你？嗯，她這樣告訴你？當然嘍，阿奇桑到這裏，雖然一段時間要麻煩她們，但是阿奇桑不是忘恩負義的人，只要這隻脚好了，唔，他媽的！」他先咯隆，呸的吐口痰，再去摸摸他的脚踝：「眞他媽，疼死我啦！唔嗯，只要這脚踝好了，我就立刻可以去做牛販生意啦，做一趟，賺幾塊、十幾塊可一點不成問題啊，嘿！」

「阿奇桑很有錢是不是？」

「很有錢？嗬嗬，很有錢談不上，家裏田幾千租（一租等於一石谷），有的租給別人，有的兄弟們在耕作，阿奇桑可討厭種田啊，種田最沒有出息，阿奇桑嘛，就出來闖天下，嗯，太郎，你知道牛販的好賺法嗎？我在這山中買幾頭牛下去，那裏的人等著搶去了，賺他媽的十幾塊錢有什麼難？嘿，十幾塊錢，可以羅好幾石谷子咧！」

他口沫四濺的說著，說得我跟猴妹仔聽得呆呆的，猴妹仔雖然不敢表示什麼，但心中喜悅仍無法掩飾，漾着含蓄的笑。

猴妹仔看來非常的幸福快樂。

六

猴妹仔的媽，我們都管她叫阿鐵嫂，阿鐵嫂的臉龐很黑，還長著不少雀斑，幸好她的墨痕很有味道，刺上了平地人所謂的「烏鴉嘴」，就很像個山地女人了。她有三四十歲了，曾嫁過三個丈夫，三個丈夫都死翹翹了，儘管他們的死法各有不同：第一個是要獵野豬，反被野豬鬪死了，第二個是喝醉酒，從斷崖上掉到山谷裏，第三個到山下的村落去跟那裏的人打架，傷重而亡。

阿彩姑丈是我們這裏的博士。他是巫師、刺墨專家，也會跟人治病，年輕時候他是個英雄，差點做了茅武督的酋領，後來岡崎巡查來了，他說誰也不能當酋領，只有他才是茅武督之王，他沒有做烏鴉嘴，但開始留仁丹鬍子，當他捋捋那還短得不得了的仁丹鬍子的時候，全茅武督的人都曉得事情糟透了，得聽命於岡崎了。

阿彩姑丈待人不知道客氣，一點沒有神秘感，他當著阿鐵嫂的面前預言她是百夫命，死了三個不算數，嫁給一打的丈夫還是死路一條。阿鐵嫂認了，她乾脆迎張送李，過著她樂陶陶的日子。她的臉上看不出哀傷，就像此刻陽光煦和的早晨，她跟著紅瓦窯出來了，那麼歡天喜地，充滿怡然的神氣。

這是趕市集的早晨。全茅武督的人都出來了，還有全山下的大生意人，他們帶著不少日用品陸續到來了，擠滿了阿亮伯編竹籮的竹寮前面的空地，鐵線橋也熱鬧起來了，有不少平地孩子好奇的佇望著一二十丈下面的陰暗的溪流。

也有不少人去看蔗廍，蔗廍的工人們都不願做工了，連以蔗廍爲家，爲生命的阿秋哥也離開了他的煮糖室，滿臉的微笑，來看看這熱鬧的趕市集景象。

其實阿秋哥心裏有數，他哪裏是來看趕市集，說是來看趕市集的女人才是恰當，當他看到年輕的女人，不管是有畫烏鴉嘴的或沒有的，他同樣會傻傻的凝望一陣，或者咕嚕幾聲他自己都聽不懂的話語。

大家的興趣還是集中在阿鐵嫂的身上。她今天滿面春風，帶著幾隻動物來了，有紅嘴巴的山娘子，有翅膀會飛翔的松鼠，有兩隻兩端尖尖披鱗罩甲的穿山甲，還有一對狐狸公婆等等，挑這些擔子的是阿鐵嫂自己，那紅瓦窯只是昂然走在前面，帶著他的水烟袋，脚踝好多了，只微微的跛着。

「你看哦，阿鐵嫂來了，走在她前面的是誰，那個傲然的傢伙？」

「大家都叫他紅瓦窯，人靠不住，你看，像個兇煞神……」

「他是她的第幾個客兄？我想恐怕是第五十七個吧？」

「哪裏止，該是第七十五個了！」

她們還說猴妹仔的爸沒包括那七十五個男人裏，是另外雄性的傑作。

大家你一言我一語的竊竊私語，當阿鐵嫂走到前面來的時候，他們卻恭恭敬敬的打招呼，問她捉了不少野獸啊，能賺一筆錢啊等，奉承得阿鐵嫂越發的心花怒放。

買賣開始，這裏顯得更熱鬧了，討價還價之聲彼起此落，有的哈哈大笑，有的唉喲唉喲叫個不停，不過，統而言之，烏鴉嘴這一邊對於金錢總是磊落一點，人家說一是一說二是二，乖乖的把他們的貨物奉獻出來了，換來了少得可憐的鈔票或一些日用品，沒盡烏鴉嘴那邊可滿載而回到山下去。

來收小動物的商人是從都市初次來的，是個吝嗇的富翁，見錢眼開，支出的時候嘛，拼命收緊袋口，一個銅板兒都不願意讓他多流出。

他穿著長衫，還蓄著一撮鬍子，充分紳士打扮。

他是跟著山下的掮客而來，看著這趕市集的情形，他常覺得掮客賺得太多了，掮客來回一趟，實在不該賺得這麼多。

「一塊八，哼，一塊八是個大數目。」

看到阿鐵嫂挑來的幾隻野獸，老富翁立刻用精密的腦筋算出，要是能夠以三元成交，他大概可以賺到二十元的利潤，依照慣例——他應該以一塊八開始，那麼最後達到三元的時候，烏鴉嘴的人們可要謝天謝地了，爲了這一塊二的差額，老商人認爲值得站到天黑。

「一塊八，咦，」阿鐵嫂只考慮一下，立刻搖了搖頭：「大家都說我這個應該可以賣到四塊錢，你怎麼只出價一塊八？」

「加兩角，給妳兩塊！」老商人裝得非常慷慨的樣子。

「不行啊，」阿鐵嫂的聲音顫抖着，早已失去了自信：「兩元太便宜了，不能再加一點嘛。」

「再加五角好了！」這不是那個大富翁的話而是那常來的中年掮客，他認爲信用也很要緊，價錢殺的太低，影響烏鴉嘴族的生活也不好，所以他開價一向還算公道。

大富翁瞪了他一眼，認爲掮客未免太荒唐，但他忍耐着，兩人同穿一條褲子嘛，反正得合著口氣對付客人，他漾着勉強的微笑，說：

「好了好了，兩塊半，不能再多了，再多了我可要破產了，嗯，把貨物挑到這邊來！」

阿鐵嫂喜形於色，就要把貨物挑到富翁脚跟去，是紅瓦窯抓緊了她的臂膀不讓她就這麼賤賣。紅瓦窯不耐煩的瞪著他們，聲音可壓得很低很低，問：

「不能再高一點嗎？」

「不能！」富翁斬釘截鐵的告訴他：「兩塊半已經太好太好了，我本打算只出兩塊二，是這位伙伴一口氣就開得太高，嗯，大家都是朋友嘛，交個情也不錯，所以就這麼辦啦，來來，阿嫂，把貨物挑到這邊來，我這就算錢給妳，好讓妳到那邊買衣服，買日用品什麼，嗯，兩塊半可買好多東西啊，妳最好儲蓄一點起來以後慢慢用，嘿，錢可是最有用處的噢，有錢能使鬼推磨，阿鐵嫂也可以買點化粧品打扮得像十八歲的小姑娘似的，也有假乳姑好買，在裏邊戴起來就更加的動人啦，嘿！」

阿鐵嫂給說得興高采烈，就想去接富翁的錢，可是紅瓦窯又阻止了她，紅瓦窯佯裝著毫無表情的子，但掮客看得出他的尊容，一臉的殺氣，掮客雙腿癱瘓，快站不穩了，當紅瓦窯說「眞的不能再高?」的時候，掮客立刻識趣的：

「給你們三塊好了，三塊已經很公道！」

「不……」

富翁只說個不字，立刻給掮客阻止，掮客自顧自的說：「喏，就這麼決定好了，我又不是才來的人，跟你們已經很熟悉了！」

「不……」

富翁還想說話，但他也彷彿感覺出有些不對勁，然後他們看見那個殺氣騰騰的傢伙仍舊鎭靜的反問他們：「不能再高了?」

「嗯，實在不能再高了，」中年掮客歎了口氣：「生意難做，競爭的人太多，上面的銷路也很有問題……」

只有阿鐵嫂沒有看見，因爲阿鐵嫂笑嘻嘻的望着他們，而他們卻看見了，看見紅瓦窯撩起了腰部的衣服，那褲腰裏竟藏著支亮晶晶的短刀，他們明白了，今天會栽在這個怪客上面。

「三塊五好了，」掮客順從的說。

紅瓦窯仍在搖頭。

「四塊！」掮客的臉蒼白。富翁只有點頭陪笑的份兒。

紅瓦窯沒有答應。

「四塊五！」他們在搖頭，求饒。

圍觀的人越來越多了起來，包括蔗廍的阿秋哥，阿秋哥依舊傻兮兮的。

這個惡作劇一直到他們喊價二十塊的時候停住，富翁乖乖的掏出那兩張嶄新的大鈔，然後虛軟無力的坐下滿是牛屎的路邊草叢上去。

「嘿，阿鐵嫂，」阿秋哥高興的喊叫了起來：「妳賺了筆大錢了，哈，妳的運氣多好啊！」

話猶未完，阿秋哥捧著肚子唉喲叫了一聲，原來紅瓦窯用手肘狠命的撞了他一下，於是阿秋哥眼淚汪汪的走開了。

七

我和猴妹仔依舊沒有上學，到處頑皮，秋天悄然的過去，寒冷的冬天來到茅武督了，苦楝樹跟鳳凰樹的葉子落盡，楓樹披著紅色的外衣，燦爛的點綴著山谷間。

我們去捉鳥，趕穿山甲，我還提議捉猴仔，猴妹仔可不依，她簡短的告誡我說猴仔跟人類還不是差不多，捉去賣，有人要吃猴腦，豈不太可憐？我不高興聽她的一套，但她既然不依，我也只好作罷了。

這一天我們又到深潭去釣魚，不知爲了什麼，猴妹仔緊閉着嘴巴，噙着眼淚。

「爲什麼？」我問她：「什麼事使妳傷心？」

我一連問了好多遍，她才開了腔：

「那個阿奇桑，唔唔，那個阿奇桑不是好人，是個大壞蛋，唔！」她竟然哭起來，那麼傷心欲絕的樣子。

「她會欺負妳？」我問。

「他欺負我，我不怕，可是他欺負我媽！」

「他會打妳媽？」

「兇得很哦！還喝酒，天天逼着媽拿出錢來，唔，那一次賣野獸不是賣得了二十塊錢了嗎?嗯,早就給他要回去了,最初說是借,我媽借給他,後來我媽覺得不對勁,想要回來,他哪裏肯,一聽媽開腔,他就伸手抓頭髮亂揪一通,還揍她,踢她,他的拳頭可厲害得很呢,打得我媽遍體鱗傷!」

「唉呀,還得了!怎麼不去告他呢?岡崎巡查有一支短槍,一定有辦法制他!」

「岡崎巡查有辦法,可是我媽沒辦法呀,他說妳要告我儘管告我,我可要先宰了妳!那支短刀明晃晃的,怪可怕哦!」

「他媽的,最初他不是說有幾千租谷嗎,還做牛販,很賺錢……」

「他的屁股有錢!哼,還做什麼牛販呢,大概是偷牛賊吧!」

說起來有點道理,最近村落裏的牛隻常告失,不知去向了,八九成是紅瓦窯偷牽去賣掉啦。

猴妹仔忽然丟掉了她的釣竿,站了起來,說:「我的心裏很不舒服,家裏好像有什麼事情發生,我得趕回去看看!」

「我也一同去!」

那是可怕的場面,紅瓦窯在揮舞着他的刀向阿鐵嫂劈過去,手臂給割了,鮮血噴了一地,看樣子阿鐵嫂會給殺死了,猴妹仔看見這場面,只叫了聲媽就暈了過去,我也給嚇得渾身發抖。

就在這時我聽見頭上樹枝搖動的聲響，然後看見一隻大黑公猴跳了下來，露出了犬牙，怒氣沖沖的奔了進去，不管三七二十一的撲到紅瓦窯的身上，牠的利爪抓爛了紅瓦窯的臉，紅瓦窯立刻血淋淋的，大概眼睛給抓破了，「啊！」的大叫一聲，踉蹌了一下。

紅瓦窯雖然受傷，但他的工夫還算到家，何況他有支刀子，他朝大公猴的肚子劃過去，大公猴的肚子開了洞了，腸流一地，可是大公猴揑緊了紅瓦窯的脖子，死死的，紅瓦窯倒下去了，大公猴壓在上面，於是可怕的一幕陡然到了終局，幕帷給拉下來了。

八

這幾天阿亮伯眞高興，因爲他的籮呀、籃子呀，又有一大批了，可以挑到下面去賣，換得一些鈔票來了。

「太郎，你還不趕快躲開，你看是誰來了？」

我抬頭一看，吃了一驚，原來是爸媽跟猴妹仔陪着岡崎巡查來了，還有岡崎老師，搖擺着她那像阿亮伯的米籮一般的大屁股。

「太郎！」是我爸爸在喊叫，我想逃跑也來不及了：「岡崎巡查跟岡崎老師叫你去上學，喏，這是他們給你的糖果！」爸把糖果晃了晃，咧開嘴，抓了一塊就抛進他自己的嘴巴裏。

「真的，今天起該上學了，花秋蘭媽媽的身體復元，花秋蘭也答應上學了！」岡崎老師撫摸著猴妹仔的頭，猴妹仔也一臉的羞澀跟興奮。岡崎老師又說：「你不繼續上學，又會像那次一樣十四乘三是五十二，鬧出笑話來哩！」

岡崎巡查咪咪笑着，只管捋捋他的仁丹鬍子。

「十四乘三是五十二有什麼不妥？」我爸帶着怒氣問，我媽聽了更掃興，嚷着：「還是讓他看牛好了！」

我爸總算較有學問，說：「我們這幾個人說可以不就行了嗎？這是多數人決定的時代……」

「好好好，」岡崎老師答應了：「十四乘三是五十二，沒問題，喏，太郎，就這麼辦吧！」

「壓力卡多！」我叩了個頭，就去拉拉猴妹仔毛茸茸的手，向教習所那方面奔跑而去。

——本篇原載於《臺灣新生報》副刊，一九七〇年五月三十一日出版。

蛇戀

一

阿龍陡然忐忑不安了起來。

馬達剛發出唔的令人心煩的聲響轉動，滾帶的接頭有些毛病，每到上頭的輪子就發出拍拍的聲音，本來已夠吵鬧的，再加上那個有節奏的拍拍的聲音，這間小小的飼料配合房便顯得更加的吵鬧了。

塵屑開始飛揚。

阿龍的滿頭滿臉也快沾滿灰白的粉屑。

阿龍打算做完這一天，就回家休息幾天，剛開動了馬達，但是他陡然忐忑不安起來。

他的心一下子飛回到那個山谷間的家去。

這個時候阿桃在做著些什麼？

是該採夏茶的時候了。

夏茶的價格不會太好，但夏茶本身並不差，從茶農說來那是僅次於春茶的豐收季節。山躑躅會開滿一整個山，有白的也有紅的，山躑躅開完還有黃梔接棒，花是白色，有單瓣的也有八重瓣的，八重瓣的黃梔花最難得。

大清早，腰邊繫著只大茶簏上山採茶，最寫意不過，女的採茶，男的收茶，茶山充滿活氣。阿龍就在那種環境裏長大的，自己也有一座茶山，有茶葉時候採茶，沒茶葉時候犂茶園，捉茶蟲，掘茶草。他很會哼山歌，無憂無慮，快快樂樂的渡過了前半輩子。

阿桃也是在茶山裏長大的採茶姑娘，不過他們的結合倒是非常特殊的，既非憑媒妁之言，也非自由戀愛，是經過古古怪怪的不平凡的路徑才結的婚。

阿安伯是反對他把目標放在阿桃身上的，當阿龍一談起阿桃，阿安伯總是搖搖頭，自言自語的說：「那個小妹仔，唔，像她那樣的小妹仔……」

阿安伯雖然不替人算命擺八卦，但阿安伯學過麻衣相人，也會看看手紋，並不積極的替人指點，偶而說幾句忠告話是有的，奇妙的是很多時候應驗了，因此阿安伯在茶山小有點兒名氣。

不過，總之，阿安伯不是愛出風頭的人，他要講這方面的話謹慎而又小心，大有天機不可洩漏那種氣概。

阿安伯搖頭，必定有他的理由，但阿桃長得相當的豐滿美麗，阿龍自然不會就此甘休，何況阿桃的家境不錯，聽說還有什麼秘藏的寶，追逐的人又多，使阿龍力追不捨。

「如果你想獲得她，我倒有個很確實的辦法！」

那是紅毛仔的話。紅毛仔算是他的老大哥了，在茶山和小鎮上的茶工廠混過一陣子，後來到更大的都市去，做什麼事情，人家莫名其妙，但看來很有點兒辦法的樣子，尤其那張嘴一開話匣子就沒個停，會使你佩服得五體投地。

紅毛仔講那句話的時候，嘴邊漾著神秘的微笑，阿龍或其他的人都曉得當紅毛仔嘴邊漾起那種微笑的時候，紅毛仔又有一套了，要耍什麼把戲了。

「你有什麼確實的辦法？唔，要是有，我倒願意洗耳恭聽！」阿龍說。阿龍是滿懷希望，若是眞的有什麼確實的辦法，他可要高興死了。

「咦，這也是能夠隨便講的話嗎？」紅毛仔聳了聳肩：「人命關天，難道我敢隨便講出？」

「人命關天？」阿龍吃了一驚：「我又不是要她的命，是要跟她結婚，好好做一對公婆，傳子傳孫……」

「可是人家不要你，命裏也不該屬於你，現在我要個法子，那不是改變你及她的命運嗎？這等事可非同小可咧！做不好，我自己要折壽吶！」

「紅毛仔，我明白了，」阿龍像個蠻聽話的孩子，肅然的告訴他：「你要錢是不是，給你錢，也可以補償你的折壽啦！」

紅毛仔只是神秘的笑，不置可否，於是阿龍斷定他的猜測是對了，他開出了價錢：

「一車谷〔一千臺斤〕？」

紅毛仔輕蔑的搖搖頭。

「兩車谷？」

紅毛仔嘲笑的哼了下鼻子。

「三車谷？」

紅毛仔望著白雲朵朵的蒼穹，沒理睬。

「四車谷！」講這句話，阿龍曾猶豫了一陣子。四車谷不是小數目，通常有那麼一筆稻谷，足夠討一個婆娘過日子了，在茶山，較爲高級豪華的也不過是百來谷子，有百來谷子就可以製成一式的嫁粧，什麼架床、寫字桌、棉被及衣橱那一類，還有幾頂漂漂亮亮的轎子。

四車谷，阿龍實在出不起，其中一兩車谷，他必須付出相當的代價才能籌措得出，何況討新娘另外還要聘金什麼的。

四車谷，紅毛仔不要，算了。阿龍心裏已這樣的打算著，同時，講出話以後難免微微後悔，話既講出口，而紅毛仔突然又答應了呢？眞不是玩兒的！

可是，偏偏地——當阿龍正想收回那句話的時候，紅毛仔猝然拍了下他自己的大腿，目光炯炯的說：

「做得，就那樣決定，嗯，君子無戲言，你可不要後悔哦！」

二

阿龍把兩小罐子的維他命粉加在其他飼料裏，一倒進去才突然淸醒了過來，是該倒一罐的，一罐就是五百公克了，如今……，果不出所料，頭家娘剛好目不轉睛的望著他的工作，當他倒下第二罐時，她絕望似的喊叫了起來：

「阿龍！你要死了是不是，叫你倒一罐，你怎麼倒了兩罐？難道維他命粉不要錢？」

「哦哦，頭家娘！」他慌慌張張的伸出手裏的空罐子，把剛倒下去的維他命粉又弄了回來，還好，兩罐維他命粉都倒在一堆，弄起一罐份並不困難，然後他咧開了嘴，說：

「我還以爲要倒兩罐呢！」

「那還了得，這樣馬馬虎虎！」

「哦，頭家娘！」他蹙了下眉頭，下定決心似的說：「我頭很疼，該休息一兩天啦，你讓我回家休息好嗎？」

他想回家休息，是實話，至於想回家看看阿桃這一句話，只好藏在心裏，反正人家知道出來謀生的丈夫，每過了幾天都會想念他家裏的愛妻的。

阿龍嚥下一口唾沫，直望著頭家娘的反應，老劉在裏邊向他擠眉弄眼，老劉知道他急切想回家探望家人，只是這家私人的飼料配合廠，工人少，工作忙碌，老劉也愛莫能助，已經拖了好久了，直到今天才有機會提出。

此刻是清晨，機器剛開動，他雖然已換了工作服，一整個身倒還乾乾淨淨的。

無論如何，他已經下定決心，且已說出口來了。

頭家娘瞪了他一眼：「今天已經開始了，過幾天才回去吧。」但是頭家娘的口氣十分溫和。沒辦法阻止的，工人難找，他們要一去不復返也毫無辦法。

「要回去！」阿龍斬釘截鐵的說：「回去休息幾天！」

在回程的火車上，他打盹著，一直迷迷糊糊的打盹著。他對看報看雜誌一點沒興趣，就是看看旅客的表情也不感到太多的興趣。可是，當他偶然睜開惺忪的眼，看見隔著幾個座位，斜對面坐著的中年男人的時候，他的血液忽然凝固了，而心房却砰砰猛跳不停，他，哦，他不是紅毛仔嗎？紅毛仔就是那個樣子的，頭髮有點兒紅紅的，微微捲曲著，臉龐長長的，眼睛露著灼灼逼人的光芒……阿龍倒抽了口冷氣，凝神再仔細的瞧瞧，才知他不是什麼紅毛仔而是完全的陌生人，於是他也就放下心來了。

紅毛仔不是好惹的，他想：他隨時會遇到紅毛仔，但已經過了這麼多年了，紅毛仔也該原諒他，那本來是開玩笑嘛，誰要認眞，四車谷眞談何容易！

當時紅毛仔說有秘訣，阿龍如遇到了救神，立刻一本正經的對天發誓：「我不會食言，食言，天誅地滅！」

「你不必向天發誓，」紅毛仔胸有成竹的指指地下：「你應該向大地發誓，因爲牠是地神的子弟……」

「地神的子弟？你是什麼意思？」

「只可意會，不可言傳，當我說好的時候，你還要齋戒沐浴三天，然後我們才見面，見了面，你我不可講話，你就按著我的手勢行事，成功了，可不許你背叛我，背叛我的懲罰只有一項——死！我再問你，你已經下定決心了嗎？」

「下定決心了，只要獲得她，我寧願不擇手段！」

「這是椿會折壽的生意，成功後可不許你賴！」

「我不會賴，但我要跟她結婚，不結婚不算成功！」

「當然！」

紅毛仔走了以後，他認眞的想著阿桃的事情，眞的，阿桃越看越美麗，無疑的，她在大樹坑裏是最美最美的一個了，儘管她的臉龐超過了美麗而稍有妖艷的意味，說到舉動也難免輕浮了些，但是，總而言之，要找個像她那樣的小妹仔，實在不容易，現在得到紅毛仔的幫助，花了一點錢（其實代價相當的高昂），要些把戲（到目前爲止，他還不曉得把戲的嚴重性到何種程度），就可把那貌美如花的女郎據爲已有了，眞是何樂而不爲。

還沒有獲得紅毛仔的通知以前，阿龍也試圖接近阿桃，那正是採夏茶的季節，暖烘烘的太陽把高原鮮艷的烘托出來了，深綠色的茶樹、相思樹，紅紅的泥土，黑黑的暗影，而採茶姑娘都在一排排的茶樹中間，用熟練的技巧採著茶葉。阿龍是收茶菜〔茶葉〕的男工。

在茶山調情，唱山歌最好，他就用山歌去挑逗。果不出所料，有一個小妹仔反擊過來了，不是別人，正是她——阿桃。

唱過來唱過去，過了幾十分鐘了，山歌詞越來越親密，有些已經下流到連唱者都不得不停下來笑幾聲，才又繼續唱下去，阿龍心裏估計已經差不多了，才挨近去，大著膽子說：「阿桃，妳來做我的婆娘好不好？」

冷不防，阿桃撿起了一塊泥土就丟了過來，惡狠狠地詛咒著：「憨狗想吃天鵝肉！」其他的採茶女人們也都哈哈大笑了起來。

阿龍覺得羞慚，唯其如此，他的決心更加的堅強了，他發誓要獲得她，使她變成完全屬於自己的女人。

三

那一天終於來臨了，那是深夜，紅毛仔偷偷的來了，紅毛仔的頭髮蓬亂，一身是泥土，臉色蒼白，有些狼狽不堪的樣子，聲音也發著抖，眼睛發出神經質的頹廢的光芒，看阿龍替他開門，就等不及的告訴他：「可以開始了，從今天起三天要齋戒沐浴，等著我再來訪問你，你可不能食言，我已經告訴過你，這是會折壽的玩意，不好玩的。三天後你見到我，不要大驚小怪，就按照我的手勢行事！」

「我曉得啦！」阿龍拍拍胸脯告訴他，眼神可含著點輕蔑之意。無論如何，他得依計行事，獲得了阿桃再說，那個小妹仔，說要拱手讓給人，多麼的可惜，多麼的不甘願！

紅毛仔的怪模樣使他吃了一驚，但那是紅毛仔的事，管他呢！

他開始沐浴齋戒，一整天向著大地唸唸有辭，希望地神能助他一臂之力，完成好事。他會予以酬報的，就算敢虧負紅毛仔也絕不敢虧負地神。他發誓事成之後會準備三牲答謝地神牽紅線之恩。

三天過去了，那天深夜，紅毛仔果然來了，但紅毛仔右脚腫脹，步履維艱，像是有什麼重大的毛病似的，手裏提著扁扁圓圓的竹籠，阿龍一看就大吃一驚，因爲那顯然是蛇籠。紅毛仔傴僂著背，看來就像三天已經年老許多了，那樣的無精神且全身抖顫，尤其那雙手。

阿龍往後退，紅毛仔用手勢制止他，然後紅毛仔打開了蛇籠，唸唸有辭後就把裏邊的蛇用手捉了出來，蛇柔馴的任其所爲。那是條雨傘節，黑白紋分明，是種猛毒而常見的蛇。

他叫他接了過去，阿龍不敢，紅毛仔哀求似的表示這一點無妨礙，儘管照計行事。阿龍想到阿桃誘人的胴體，咬緊牙關把那條蛇接了過來，果然，那條蛇並不咬人，乖乖在他手上，像是已經受過了一番訓練或者接受過符咒什麼的。

紅毛仔把蛇放掉，喜形於色的漾出悽惻的微笑來，至少他知道阿龍已可任他擺佈，而他的辛勞也有獲得報酬的一天了。的確，想到講好的那四車谷，紅毛仔感到慰藉。

紅毛仔用手勢告訴他：

——把這條東西放到她的房間裏去。

——她的房間？——阿龍也用手勢問他。

——是是——紅毛仔點點頭。

——不會咬死她嗎？——

——不會的，牠已經接受過地神的命令。——

——如果給發現，打死了呢？——

——那表示她的運氣好，不吃這一套，但是地神的命令很強硬，她躲不過牠！——

——可是，有一天，我到她那裏，要是牠還沒走，我不是也會被咬死嗎？——

——這一點你放心，除非你做了虧心事！——

紅毛仔看來很痛苦，快支持不下去的樣子，當阿龍點點頭，表示一切領悟的時候，他疲倦的笑起來了，阿龍邀他到裏邊休息，但他拒絕了，他仍用手勢表示他必須回去，回到他該去的地方。

外面的黑暗很快吞噬了他。

四

一個小孩淒厲的哭叫聲喚醒了他，阿龍不由的打了個冷顫，睜開惺忪的睡眼。剛才他似乎做了場惡夢，就在那疾馳的火車裏。這是一班普通快車，要是普通的日子，他實在捨不得搭乘，但如今他的心已回到大樹坑去了，而那裏有他的家跟阿桃。

他彷彿夢見雨傘節在纏著他的身，把毒牙刺進他的身上，遠遠地有嬰孩悽厲的哭叫聲……，清醒後才知道自己仍在火車上，而嬰孩的哭叫聲倒是眞眞實實的，顯然是住在南部的一個面貌黧黑醜陋的中年母親在拼命哄著他，把豐滿的乳房塞給他。

毒蛇，噢，好可怕的毒蛇！

事實上阿龍不止一次的夢見毒蛇咬他或把他纏得緊緊地。毒蛇的斑紋總是一節黑，一節白，一看就把人嚇個半死。

他也夢見過多次紅毛仔的可怕嘴臉，紅毛仔好像恨不得把他一棍打死，或使用雙手，把他的脖子捏得緊緊地，讓他窒息而死。但是，如今紅毛仔在什麼地方呢？紅毛仔失蹤已經很久了，有人說紅毛仔已經死掉了，但也有人說紅毛仔還沒有死，還好好兒的活著，過著流浪的生活。有人說他的生活過得很闊綽，但也有人說他生活得很潦倒，簡直像乞丐一樣。

那時候阿龍還見過幾次，最初幾次，紅毛仔似也忍著性子，不怕網中的麻雀逃走，不過那時紅毛仔顯然已無往日的丰采了，是那一次的蛇咬事件，把他搞慘了，差一點就去見閻羅王，所以看來就更加失魂落魄的樣子。

他是去找尋他所謂的地神的子弟時給咬上了，治療延誤時間，中毒相當嚴重，後來總算馴服了他的蛇，然後交給阿龍。

他最後來見阿龍，是個風雨之夜，外邊十分寒冷，而紅毛仔穿著卻相當的單薄，渾身發抖著。

「你……你不能在現在交給我嗎？」

「噓！」阿龍制止他，指指隔壁，那裏有阿桃，阿龍怕阿桃聽見他們的話語，或看見他們鬼鬼祟祟的樣子。阿龍害怕阿桃逃走，阿桃顯然不該屬於他的，但阿桃成爲他的人了，他害怕阿桃無緣無故的從他身邊飛走。因爲他知道阿桃並不眞正愛他。

「給我，現在就給我，你現在不給我，我敢嚷出來！」紅毛仔威脅他，聲音含著憤怒。

「你敢！」阿龍瞪著他，也怒氣冲冲地反駁他。這是屬於初次，阿龍想：也希望是最後一次！他厭煩了，深深地厭煩了，紅毛仔每次來，他沒辦法應付，爲了跟阿桃結婚，他已經費過九牛二虎之力，哪裏還有閒錢付給紅毛仔那種古怪的費用呢？再說，紅毛仔眞正有用嗎？那未免太玄了！現在他不太願意相信這一套。

他順手抓起了一支木棍，那是用樫木做的非常結實的木棍，他打算當紅毛仔再嚕嗦的時候就不管三七二十一揮了過去，如果正中腦袋，紅毛仔將不堪設想了。

果然，這一著起了嚇阻作用，紅毛仔無可奈何的說：

「好，好，不嚷，不嚷，我也但願你夫婦恩愛，事業發達，想起我紅毛仔的好處，再湊足給我，但千萬不要背信，那是你自己的事情，我紅毛仔饒你，地神可不會饒你！」

「哼，什麼地神，還不是你自己在作怪，哼！」

他冷笑。

紅毛仔悄然消逝了，外面是悽厲的風雨。

阿龍仍在沾沾自喜中，多數時候，他爲自己策劃的成功而自滿，……不該屬於他的人屬於他了，徹徹底底的屬於他了，儘管正式結婚後他仍有不少的煩惱。

是不是那條蛇的功勞呢？簡直不可思議。他駭怕那條蛇咬他，但蛇不曾咬他，也沒有反抗他，他能夠順順利利的越過山谷，到達她的家去了。她的家養著一條雜種狼狗，兇得不得了，他到屋後去，幸好，狗沒發覺他，也就可以躡手躡脚的走到她的家後面了。盛夏時候，阿桃房間的後窗是敞開著的，一盞油燈透露出昏暗的光，就在那光芒裏，他看到了阿桃正背著窗側睡，穿的是很普通的白布內衣裙，他認爲正是時候，就把蛇放進去，蛇似有靈性，順從的爬進去了，越過窗戶，滑進牆的那一邊。

時鐘剛幽幽的敲了兩下。

五

「喂，阿龍，你幾時要下山去？」

他心裏有鬼，害怕碰見阿桃，但過了幾天，在半路上不期而遇了，他靦腆的不敢跟她交談，是阿桃嫣然笑著跟他打招呼。

「要，要，唔，但是，妳下山做什麼？」阿龍反問她。

「唔，有伴我也想下山玩玩啊！」

「妳是要綠妹她們做伴嗎？」

「綠妹以外我就不能夠找別的伴嗎？哼！」

那天，阿桃跟他一同下山，他挑著茶葉，阿桃說過要跟他挑一段路吶，阿龍當然婉拒她。

他們一同看了一場採茶戲。是她把手壓在他的手背上，還拉緊，回程，她問他：

「你不想結婚嗎？」

「當然想啊，可是沒人肯嫁給我啊！」

「我嫁給你！」

「眞的？」

「難道這樣的玩笑也開得嗎？」

如此這般，他們的訂婚和結婚都順順利利的進行了，大家都說癩蛤蟆吃到了天鵝肉，阿桃爲什麼心甘情願的嫁給阿龍？簡直是莫名其妙！

阿桃自己也莫名其妙。有時她會陷入沉思，視線茫茫然的，他想愛撫她，她拒絕了，那樣懨懨然的拒絕了，有時竟因此而大吵大鬧。她越來越沉默了，也越來越不喜歡在家逗留了，很多時候藉故外出，或回到娘家去。有人說她是個多情的小妹仔，但對阿龍來說，她一點不多情。

那是從初夜就開始了，一切都很好，上轎、下轎、拜祖宗，她的臉上一直漾著微笑，漾著微笑的阿桃眞美，羨煞了全大樹坑的光桿們。

爲了慶祝新婚，他特別借來蓄電池，把屋裏點得如同白晝，也把斑駁的石灰牆和泥土磚的原形都給烘托出來了，這是所茅屋，在落後的大樹坑說來還是頂頂落後的一座農家。

外面幾間房子的燈都熄了，蓄電池的電都盡了，他改點普通的煤油燈，火燄在幌動，而在幌動的燈光裏他發現了無比艷麗的她。有人說她的美也許不是至極的，但却是獨特的，會使男人癲狂。

他帶著勝利者的微笑接近了她，然後把她的手放在她隆起的胸脯上。出他意料，她那樣無情的揮掉了他的手。

他惱羞成怒，乘著夜闌人靜，用暴力制服了她。

以後他每次想得逞都得拼命奮鬥一番。

每想起喜筵桌間，紅毛仔遞給他的得意的眼神就要作嘔，那天他的確是滿腔的謝忱，但後來越來越厭憎了。他是不擇手段的獲得了她，如今可有些懊悔了，夫婦間除了彼此的肉體以外，愛情實在很重要，沒有愛情的婚姻不如沒有。

婚前聽說她有什麼財寶，結了婚才知她也不過爾爾，只是個貧窮的茶農的女兒，跟其他大樹坑的小妹仔毫無異樣，說到異樣，其他的小妹仔溫柔，而阿桃卻是十分潑辣的，根本沒把丈夫或翁姑等放在眼裏。

爲了嫁粧，他也跟她吵過好幾次，他希望她會帶一架縫衣機，可是她連一架收音機都沒有帶來，帶來的是只是些隨身的衣物。

那枚訂婚戒指也不見了。

然後，隔了很久，他看見做村幹事的阿木頭的手指上有那枚戒指。阿木頭見到他總是浮著歉然的微笑，還有意無意的遮住那枚戒指，也看見過幾次他跟阿桃在樹下、山崖或茶園裏談著話。當然，阿龍爲了這事也跟阿桃爭吵過幾次。

爲了生活，阿龍不得不離鄉背井，去到好遠的繁華都市，一個月除了食住，還有千多塊的收入，這對阿龍說來，仍比呆在茶山裏要好，他沒有掛惦與阿桃之間的感情如何，而掛惦的倒是阿桃和阿木頭或另外一些小伙子的事情，那才是不能忍受的。

在繁忙的工作當兒。他偶而仍會把思想馳騁於茶山和阿桃的身上。想起阿桃那樣的美，一身是柔軟的肉，他受不了，可是一想到阿桃那樣的冷冰冰，他又心灰意冷了，他一直就在這種矛盾的心理下挨日子。說來說去還是賺錢要緊，多賺些錢，回去了，話也好說些。

這幾天他又拚命想起阿桃，想著她那樣的美，而又有那麼多風流小生在覬覦，阿龍的心房不由得砰砰亂跳不已。睡也睡不著覺，工也做不起勁，一整天愣愣的，把飼料配合的比率都弄錯了，剛巧被頭家娘看見，給說了幾句話，於是他乾脆請假回家了。

六

火車旅程完畢，還有一段汽車，還好，趕上了最後一班車，到終站，這才是回家的眞正開始。有三個小時的步行路程等著他去走完，要回來一趟，眞談何容易，要不是阿桃……他乖乖呆在家裏也吧，最怕她紅杏出牆，把一團臭牛糞塗在他的臉上。

山中的小徑，最怕那長長的東西，若給那長長的東西咬上一口，實在不划算，小則腫疼，大則身亡，最是悽慘。

山中的農家都準備一種叫竹篝的點火工具，那是一支支的竹片，竹皮已經剝去做竹器了，割下的竹肉一大束就丟在溜池裏任其浸漬，幾個月後撈上來晒乾就變成了竹篝了，竹篝易點燃，耐火且不易給風吹熄，是最好的燈籠代理品。

他從入山口的熟悉農家裏要了一把竹篝點燃，擎得高高的，獨自個兒趕山徑。回到家的時候已經是下夜了。

他去敲門，叫了幾聲阿桃。

阿桃沒有答應，但裏邊有悉索的驚惶的講話聲，然後他聽見後門咿呀開了，似有人從那邊逃出。

他立刻想到阿木頭，那個油頭粉面的村幹事。他繞過前門，跑到後門去，但那裏一片漆黑，賊早已不見蹤跡了，他憤憤然的去推屋後的門，沒有閂好，兀自開了，阿桃還在洗澡間冲洗著她的身。

他把她拉了出來。

「是誰？妳講？」

她的頭髮蓬亂，顯然她一直都在睡夢中。嘴邊塗得很紅，還穿著件漂亮的半透明內衣，他在家的時候，她從沒有這種打扮，今夜她卻如此。

她默不作聲。

「妳不講出來？妳講出來，我饒妳！」

她作無言的抗議。

他爲她買回來一雙長襪，一枚便宜的別針和一些可吃的東西，現在他把包袱重重的摔在地下。

他去點亮了房間的煤油燈，把她推倒在床上。床上兩個枕頭擺得好好的；該他睡的草蓆上還留著微溫。

「沒想到！」他絕望的說：「老公在外面賺錢，婆娘卻在家偷漢！」

「誰叫你是窮光蛋！」

她終於吼叫了起來，比他更大更大的聲音。

他憤怒的奔跑過去，先狠狠的摑了她一個巴掌，才趁勢擁抱她，她反抗了，用無比的狠心和大力，咬了下他的手腕，鮮血噴了出來，他受挫了，頹喪的倒退，就在床邊的凳子上坐了下來。

他找出了一塊布，悄悄的包好那傷口，血雖給止住了，卻還在隱隱作痛。他為自己的失敗露出一絲慘然的笑。

他找出一瓶紅露酒，逕自喝起悶酒來，一杯又一杯，很快喝醉了。他再找出一瓶。

「沒想到！」他嘮叨的反覆著那話：「老公在外面辛苦賺錢，婆娘卻在家偷漢！」

她假裝睡著了，臉朝向裏面，悶熱的夜，她連薄薄的被都沒蓋上。

可恨的女人！多麼可恨的女人，但她的姿態使他留戀，使他慾火難抑。圓圓的肩胛，高高隆起的臀部，內衣很短，連大腿根都露出來了，穿著的紅色內褲隱約可見。

她這樣的美，這樣的令人陶醉，而卻另有男人在分享著她的美，她的胴體！

我不能輸給他。我不能再讓他得逞。我得好好的佔據著她！

阿龍覺得已有十二分的勇氣和力量了，這才他如虎似狼的越身過去，她的美麗的內衣給撕破了，在差一點就要敗退的刹那，他終於佔有了她，把自己深深的埋藏在她的身體裏。她彷彿也心軟了，一任他所爲。

他狂喜，奔放，覺得辛苦和孤寂了幾個月，終於有了代價了，飄飄然，似遨遊於虛幻的世界，感到滿足和怡悅。

他也忘記了時間的經過。

沒放足夠油的燈蕊燒盡了，燈火熄滅，壁鐘幽幽的敲了兩下，而那也正是牠銜命而來的時間和該卸職的時間。牠從牆脚的石縫裏爬出，蹣跚爬到床上來，牠嗅到熟悉的且令牠懷恨的體臭，牠狠狠地咬了一口，然後從窗口爬出，爬回牠來自的地洞裏去。

他一絲兒沒察覺，當他知道的時候，脚已經腫脹了，全身在顫抖。阿安伯聞訊趕過來，他身邊帶著蛇藥，但阿安伯只搖搖頭，說已經太遲了，喝多了酒，毒氣很快循環到全身。

「三個齒痕。」阿安伯打了個寒噤才說：「普通的只有兩個齒痕，那表示這不是意外咬傷而是銜恨蓄意咬傷，嗯，祖宗們都這麼說。」

阿龍葬身的墳墓裏有不少人看見一條雨傘節在蜷伏，在徘徊，似在守衞著墳主。當然，沒有人知道那個原因，只有紅毛仔知道，紅毛仔聽到這個消息的時候，只冷笑一下就不願意繼續聽下去。其實紅毛仔也受夠了教訓，險些栽在牠的身上。

阿桃離開了大樹坑了，她是獨自離開的，離開了這可怕的山谷。阿木頭仍然做著他的村幹事。阿龍的死和阿桃的失蹤都給他道不出所以然的感喟。

這是段可怕而又愚昧的故事，只有紅毛仔跟少數人曉得這個故事，但紅毛仔也不敢再玩這一套了，算來算去，他也是倒霉透了才會玩出這樁把戲，聽說他被蛇咬，躭誤了時間，要減壽十年以上。

——本篇原載於《中國時報》副刊，一九七〇年四月四、五日出版。

重疊的影子

一

在看得見廣闊湖面的房間裏，黃明發和陳秀枝安頓了下來，女服務生端來了茶，要了他們的身分證。

「我們是剛剛結的婚，身分證上還沒有記錄。」黃明發把自己和新婚妻子的身分證一塊兒交給服務生的時候，帶著勝利者的歡悅，這麼告訴服務生。

服務生是個二十來歲，看來顯然是山地籍的女孩子，穿著紅色的毛線衣跟黑色的長褲子，也許她見慣了這般情形，只淡淡的說：

「唔，最好有結婚證書啦什麼，不過，嗯，沒有也不要緊。」接過身分證，才又附加的說：「我下去了，有事情請按那個鈴。要洗澡，水已經準備好了。」

「好好，謝謝你，有事情我會叫你。」

服務生把門關好，走遠了，這個期間陳秀枝一直微笑著望著丈夫跟那個山地的女孩的一舉一動。

「她很美，是不是？」

不等黃明發坐下來，陳秀枝就瞪大了俏皮的滾圓滾圓的眼睛，一直看著黃明發，好像要看透丈夫聽到這個乍聽簡單，其實說不定埋藏著炸藥的問題時的表情變化。

黃明發愣然了一陣子，隨卽點了點頭，爽直的笑了笑回答說：

「很美，不錯，嗯，是這樣的旅館嘛，當然得找幾個面貌清秀，受點兒教育的女孩子，也有不少大官巨賈，甚至外國人來住哩。」

「你看她是不是山地人？」

「嗯，是吧，我看是山地女孩。」

「山地女孩也眞漂亮的。」

「當然嘍，山地女孩也有漂亮的。」

「我看她一直瞪著你，似曾相識的樣子。」

「似曾相識？哦，不，我是第一次來此，唔，難道你懷疑我會帶別的女孩子來這裏住過？」

「不一定是那樣的呀，說不定你跟同事們或朋友們來這裏住過……」

「哦，不，這裏我來過幾趟，但都不是住在這家旅館……現在且不管那些閒事，反正我有貌美如花的董事長千金！」

黃明發把愛妻摟在懷裏，把自己的嘴唇疊在她那塗得像火一般鮮紅的唇瓣上面。

我爲什麼沒想到那個辯辭，如果早就想到那個辯辭，我也不至於撒謊，甚至露出狼狽不堪的樣子來了，黃明發眞懊悔，摟著愛妻，想陶醉於溫馨裏，思想卻抛開現實，遨遊於另外一個世界。

他是來過這裏，跟另外一個少女，她叫廖愛美。

他們也是經過山盟海誓才到這裏來的，所不同的是今天是經過盛大的婚禮，而那一次只是兩人的口頭約束。

她在故鄉立鎭的一家公司裏服務，那家公司是他就職公司的衞星公司，她是新錄取的女職員。

她是個愛靜的女孩子，高商畢業，會打字也會做會計，長得很美，但她的美是屬於靜態的美。

他們見過幾次面了，很多時候他是自己駕駛著公司的速霸陸去，有時候還順便帶著點貨去。

他去，她會代替女工友，給他泡一杯咖啡或倒一杯茶。

「你的家在哪兒？」

「就在這附近，嗯，是鄉下。」

他記得那也就是他們兩人私交的開始；那個時間他要找的經理不在，一時想不出有什麼好主意，就留在辦公室跟愛美聊聊天。愛美有一副酒渦，很甜美，很可愛，頭髮微微捲曲著，還保留著女學生風度。

薄施脂粉，對看慣了濃粧豔抹的他來說，顯得格外的清新。

他鬧過幾次戀愛，但都不了了之，因職務關係，風月場所常去，那種女人倒玩過不少，唯其如此，愛美的清新的美使他驚喜，使他難忘。

「有沒有常到臺北？」他又問她。

「去辦公事。」她嫣然一笑說：「去了，馬上回來，匆匆忙忙的。」

「想不想到臺北看一場電影啦什麼嗎？」

「唔，電影，立鎮的也蠻不錯。」

「那麼……，」他頓了頓，總算想出他的速霸陸來了，於是他說：「噢，不去看電影，光是坐車兜兜風如何？」

「兜兜風？」她顯出興趣來，當他正要再開腔的時候，另外一個職員來了，她低下了頭，他知道他該換換話題了。

他們眞的有機會兜兜風去了，過了一兩個月以後。而那以前他們也利用中午休息的時間，或者該到外面接洽商務的時間，去看電影或到咖啡廳聽音樂喝咖啡，感情也日益增長了。

他知道她是個極端內向的女孩子，很可能，她的家境也不好，因此，她的用度或一舉一動都非常非常的謹愼小心。

他覺得她像支石竹花，在微風裏顫抖。

二

我爲什麼選擇這裏渡蜜月？黃明發憂鬱的想，懷裏還有秀枝半裸的胴體：我不該選擇這條路線，臺灣雖狹，但可去的地方不算少，而我偏偏選到這條路線，然後在同一家旅舍的同一間房子（眞湊巧！）安頓了下來。

落地大窗外面是廣闊的湖泊，幾艘遊覽船發出砰砰的有規律的聲響開過來開過去，較遠的山脚下有山地部落，那兒有土產也有土風舞，形成另一個天地。

湖面驟然陰暗，原來烏雲密佈，下起大雨來了，一道閃電迅速劈開湖面，緊接著是一聲巨雷，噼哩叭啦的，把陶醉在黃明發愛撫裏的秀枝驚醒了：

「唉喲！」她大聲喊叫著，攀緊了他，帶著撒嬌的聲音說：「我怕！我怕！你抱緊我嘛！」

「我不是抱著你嗎？」

他的回答卻有點失魂落魄的樣子。

黃昏，加上滂沱的雨，夜幕很快籠罩這個山區跟湖泊。湖中小小的島，快要看不見了，儘管它很近，近到幾乎可伸手觸及。

就在那漸黑暗的雨幕裏……

黃明發愕然了一下，睜大了惺忪的眼。

那不是廖愛美嗎？蓬鬆的頭髮，蒼白的臉，然後是被切斷的血淋淋的脖子。

廖愛美就是那樣死去的，疾駛的夜快車奪去了她的生命，把她分屍了，當時的報紙只說是意外被撞而死，連家屬都不曉得黃明發是眞正的兇手。如今，人們已經逐漸淡忘了那樁慘案。

可是廖愛美跟著來了。那時他曾跟著她的公司裏的職員一同去拈香，在心裏他也暗暗禱告她能夠原諒他：一切是不得已的，突發的，在權衡輕重下，他只好選擇陳秀枝，他希望用一點金錢去彌補自己愛情的缺失，但她不肯接受，她也沒有激烈的反抗，然後，那輛列車剛好開到她奔跑的無人看守的平交道上，於是剎那間身首異處了，頭臉兀自掉下在他的腳跟，而屍體則被拖得很遠很遠。

他聽到她淒厲的叫喊聲，且牢牢地不曾忘記。此刻，就是那個頭臉，蒼白的，血淋淋的。

黃明發不自覺的放下秀枝，衝上去，玻璃窗發出玕琅的巨響，險些給打破了，才知有玻璃窗擋在前面。

「咦，你怎麼搞的？」秀枝發出嬌嗔：「難道你想跳湖？」說完，她卻嗤嗤笑了起來。

他清醒了，既然秀枝還那麼幽默，他也就順著嘴說：「要不是有這層玻璃窗，我也許眞的可以表演一番跳水技術啦，哈！」

「算了吧，嗯，我們還是洗洗澡去！」

「嗯，去吧！」

紅瓷水槽充滿羅曼蒂克的氣氛。在這個水槽裏，他也曾摟著愛美洗過澡。那時她非常非常的害臊，不肯進來。

是他強把她的衣服脫了，且抱她進來的，於是她就範了，但她仍一直側過臉，不肯正視他。

廖愛美的膚色是微黑的，身材也比較瘦小了些，胸脯隆起的也較堅實，他喜歡廖愛美的這個樣兒，貪婪的愛撫她，直到兩個人都有些昏頭昏腦才跳出浴室。

如今在同一個羅曼蒂克的紅瓷水槽裏，大膽的不是他而是秀枝，她把衣服扔掉，就催著黃明發進去了，黃明發一走進水槽裏，她就把她的豐滿的胴體壓在他的肚子上，也把她塗得鮮紅的嘴唇疊在他的嘴唇上。

「今天是我們的新婚初夜，」她嘟囔著嘴說：「但你卻有點神不守舍的樣子，怎麼啦，疲倦了嗎？」

「疲倦⁉」他迷糊了，卻迅速的抓緊了那個字眼：「嗯，的確，開車子開得太久，是有點疲倦了！」

「一半是我開的呀！」

「哦哦，這幾天，爲了準備婚禮，忙得頭昏腦脹的！」

「我的心肝！」

她說，把手伸到他的胳肢窩去，搔了幾次，他笑出聲音，把她推了開來。

秀枝的身體跟廖愛美的身體有顯著的不同點，秀枝的是豐腴的，潔白的，胸脯也隆得又高又大，連笑容都是較明朗和爽直的，充分顯示出在良好家庭裏被寵愛長大的優點，一切大大方方，不偈不促，看來是決心把這個人生享受到底。

若是廖愛美，她絕不至於發出那樣的命令的，當秀枝浸夠了浴，爬了起來，背向著他，拍拍自己的肩胛就嚷了起來：「快嘛，替我擦擦背嘛，等一會兒我替你擦。」

「妳應該先替我擦。」他還不習慣跟董事長千金開玩笑。

「Lady First !」她聳聳肩，掉轉頭來，瞪了他一眼。

她是朵大理花。

三

就寢時分停了一二十分鐘的電，房間漆黑，外面倒朦朦朧朧的，雨止了，天上還有很多的雲，急激的流動著，就在那上空，升起了一輪澄碧的月亮。

他們曾在那小小的街瀏覽過，看看土產，吃了宵夜。是該就寢的時間了。

「你說你不曾來過，可是那個女服務生對你蠻熟悉的樣子！」

秀枝噘著嘴唇，埋怨的說。黃明發心裏一怔，隨即佯笑著回答她：

「唉，是她們的職業意識啊，對待客人當然得笑容可掬的！」

嘴裏雖這麼說，黃明發心裏可懊悔得不得了，說是來過，跟大伙兒，這不就得了嗎？偏偏否認，以致情形有些尷尬。

他跟那個女服務生——她叫珠麗——不僅有一面之緣，而且還相當的熟稔，這次重逢，彼此雖然假裝得很陌生，畢竟眼神啦什麼，有異於別人之處。

黃明發相當的輕佻，就在愛美的面前也是如此，那次是首次看到這山地籍，長得蠻可愛蠻可愛的女孩子進來，那也是個春寒料峭的日子，她穿着緊身的毛線衣跟長褲子，曲線畢露，於是黃明發的老毛病發了，他當著愛美的面前，比手劃脚，形容她的曲線如何的動人，害得珠麗啼笑皆非，愛美可一點不以爲意，自管自的微笑着。

就在那個夜晚，他跟珠麗在無人的走廊碰着了，他不管三七二十一，把她摟抱一陣，她擰了一把他的屁股，他塞給她五十元，風波平息了，後來他還偷吻了她一下。

這次他以爲秀枝沒在，就在應接室跟她喋喋不休，她看他沒帶新娘子來就指指點點的說：「你眞夭壽啊，我還以爲是前次的小姐，卻是另外一個，你不怕我揭穿!?」

「我的好小姐，你替我保密總有好處，喏，這先給你小費……」

他從皮包取出了五十元塞在她的手掌上，手剛收回來，她的鈔票和自己的皮包都還沒有收拾好，秀枝冒冒失失的出現了，害得她和他都迸出一身冷汗。

「什麼事情，托她買什麼是嗎？」

幸好，他的腦筋轉得快，他煞有介事的說：「我們是新婚旅行嘛，多要她照顧，所以給她一點點小費，把我們的快樂分給她。」

就這樣搪塞過去了，不過，事隔一會兒，她還是露出滿臉不高興的樣子，警告說：

「我可不准你亂來哩，你是我的人，是屬於我一個人的！」

「當然。」他極力壓抑著快快不樂的情緒。

說到黃明發快快不樂，並不是起因於這個愛妻有什麼缺點，而是傍晚時分閃電中浮現的那個屍首。說起來有什麼好怪呢？若是當時來渡蜜月，公開結婚，什麼事情都不會發生了，但是，她不願意宣揚，他呢，希望再儲蓄一點財富，希望獲得更高的職位，等吧，於是等出了岔子。愛美的公司雖是衛星公司，他與董事長千金訂婚的消息還是慢慢傳開來了，幹部們在辦公室，在愛美面前公開向他恭賀訂婚，使他尷尬異常，承認也不是否認也不是。

她慢慢的瘦削下去了，且更加的沉默了。

他跟她又有了一次的約會，她在流淚，不斷的流淚，她幽怨的說：

「你的千萬誓言，原來是假的，你只顧你自己……」她說不下去了，搗著嘴大踏步走出了那間冰果店，他追趕過去，不斷的說：「你聽我說，愛美！」又不敢過份冒失，直到那無人看守的靠近她家附近的火車平交道，趁著黑暗，他想拉她的手，可是她掙脫開了，說一聲「不要」，就往平交道奔跑過去，說時遲那時快，一輛快車奔過來，把她輾死了，爲了怕被牽累，他迅速的逃離現場。

那具血淋淋的屍首，黃昏時分彷彿看到，就是此刻從街上回來，停電的時間，點著蠟燭，他忽然又在搖幌的燭光裏看到她！

多麼幽怨的眼睛。

彷彿要摔脫那種幻影似的，他拚命的愛撫床畔的人，秀枝在喘息，在陶醉，他終於精疲力盡了，但是頭腦還是那樣的清晰，冷靜，直到天明。

四

黃明發，與其說是醒得較早，不如說是只能熬到那個時間，就匆匆忙忙爬起來到外面去散步。晨曦柔和，照著這湖畔的小街。

小街還在濃濃的睡夢中。

他看見一個少女在溜狗，和一個傴僂著背的中年男士在趕著什麼。

他走過了街，去看湖。晨曦中的湖更明豔更可愛。

回來的時候，街已經熱鬧起來了，早到的遊覽車也一班接著一班的。

「嗨，你看，」秀枝在房間，還半裸著身體，連梳洗都不曾，坐在床上欣賞著照片，看他回來，等不及似的笑出聲音：「相片都寄到了，你看，這一張多古怪！」

「這麼快就寄到了，嗯，給我看看。」

那是在花蓮沖洗的，他們在蘇花公路上拍得不少，很快就寄到這家旅館來了。

「你看這一張……」秀枝困惑的說：「竟然有點重疊的影子，眞奇怪，自動快門，拍好，我記得是立刻捲過去的。」

兩個人搭著肩在隧道門口拍攝，秀枝笑得很甜，風吹亂了頭髮，那件乳黃色的羊毛衫把她高聳的胸脯勾勒出來了，是那樣的美麗動人。

大家都說從蘇澳到花蓮會老幾歲了，一點兒不錯，站在隧道門口，互相指着彼此頭臉上的灰塵大笑個不已。

是有重叠的影子，就在秀枝的身旁。

那不是自動快門的毛病，是愛美，愛美站在秀枝的旁邊，朦朦朧朧的，他忽然記起來了，他跟愛美也在這兒照過一張相。

他嚥下一口唾沫。

「眞奇怪，」秀枝又說：「難道相機有毛病？」

「哦，不不，」黃明發不知所措的說：「相機是新的，不可能會發生毛病，哦，也許是種偶發的毛病吧，比方海水映照過來的，等等。」

「海在幾十丈下面啊。」

「噢噢，總之，這很奇特就是，比方第一次航海，看到天空上的蜃氣，大驚小怪一樣，看多了，也就見怪不怪了。」

得想辦法把那張照片跟底片撕毀才好，這眞是件不得了的事。

他恍然大悟了，自己爲什麼會重遊舊地？原來是愛美瞑瞑中在引導著他。愛美不是死去了嗎？自己不是懺悔過嗎？至此他才明白愛美還在自己的身旁，也沒有原諒他。

他跟蹌的倒在床上去了，秀枝又壓了過來，在剝開他的衣服，相片洒滿了一床。

五

他的頭很痛，步履維艱，秀枝把他當做是昨夜服務過份殷勤所致。坐著船，到了對岸的廟，那兒也有不少擺攤子賣土產的，遊客也眞不少。

「我們到後面山上去吧，那兒的景色一定很美，」秀枝說，又拍了下他的屁股，很體貼的問他：「走得動嗎？」

「當然，」他苦笑著回答她：「這麼一點點，算得了什麼呢！」

「有不少雜誌發表說，新婚夫婦，百分之九十都是連續一年左右而不覺疲倦的。」秀枝媚態十足。

「是眞的嗎？沒那麼厲害吧，應該重質不重量。」他當然不敢透露自己雖然是初婚，對於那樁事倒是經驗充足，所以天天服務，實在礙難照辦。

那是杉樹林，在平地，看到的都是相思樹或一般的雜樹，這樣參天的古木，令人心曠神怡。有一條水泥鋪的人行道，就在那樹下，沿著山坡上去，顯然，那也就是往後山上去的路徑了。這裏沒有遊客，而他們也不必急於趕回家，心情特別輕鬆，所以緊緊的倚偎著，互摟著腰肢慢慢走上去。

她在饒舌，不斷的饒舌。

她最喜歡講一個醜八怪的故事。那是她大學時代的一個女同學，長得其醜無比，別人都有男朋友，出雙入對，那個醜八怪可孤苦伶仃的，連電影都沒有人請她看，可是，到快畢業的時候有一樁古怪的事發生了，原來一個腰纏萬貫的華僑看上了她，等不及她畢業就跟她訂了婚，左手無名指上套的竟然是一顆幾克拉的鑽石。

「哈！」秀枝總是忍不住大聲嘲笑：「人家不要的呢，那個華僑瞎了眼睛，竟然看上了她啦！那樣的女人到底要怎樣愛撫呢？說不定得準備手帕把她的臉龐蒙著才行，哈哈！」

「唔，」黃明發無可奈何的搭腔：「女人有外在美，也有內在美啊，外在美固然重要，內在美也不能忽略啊，說不定那個華僑看到的是她的內在美，所以願意娶她為妻了。」

「你覺得我的內在美行嗎？」

「當然啊，妳的內在美外在美都是頂刮刮的。」

「所以說你是世界上最幸福的人！」

「嗯嗯。」

心裏他可是回憶著「癡人之愛」那部電影，秀枝眞像那個女主角，而那個女主角有的是什麼呢？也不過是具漂亮的軀殼吧了。

山坡走盡，小徑彎過另一座小山頭來了，走不多久，湖泊慢慢的出現，然後，到斷崖上面就可以把湖一覽無餘。

「風景眞好！」

秀枝做了幾下深呼吸，把照相機交給他：「嗯，你先替我照幾張吧。」

「好好，這裏的背景相當不壞。」

那兒有小小的廣場，有固定的凳子、桌子，也有小孩子玩的鞦韆和溜滑梯等，沿著斷崖有低矮的木製欄杆，年久失修，已經全靠不住了。

「妳站在那棵油杉樹下，晨曦正好，用森林做背景，拍得一定不錯。」

黃明發站在欄杆邊，調整好光圈、速度和焦距，就把相機捧到眼前去選擇鏡頭，她在微笑，前後脚伸得自然，把手提包擺在前腰部份，微側著，這樣胸部的曲線就更加的明顯了。

「嗯，不要動啊，動了，說不定還會出現重疊的影子！」

那明明不是什麼重疊的影子，是愛美的影子，噢，黃明發的血液，就在那刹那間快凝住了，是她，愛美，愛美站在鏡頭前，頭髮是鬆亂的，臉兒蒼白，白白的脖子裏有一條明顯的刀痕：鮮血流淌著，她就那樣一聲不響的站在那兒！

「愛美！」他哀求的叫了起來：「妳怎麼會到這兒，噢，饒了我吧！」

他本能的倒退幾步，欄杆發出腐朽的鈍響，斷掉了，他的一隻脚踏了空，身體被拋了出去，相機被拋得更遠更遠。

秀枝叫了一聲「小心！」隨即掩蓋了臉面，暈倒在草地上。

春天的陽光柔和的照著她，也照著這活了幾千幾萬年的山和樹，猝然，一陣陰冷的風搖撼了杉樹林，發出令人毛骨悚然的聲響，然後，風聲遠去了，好像什麼事情也不曾發生過一樣。

——本篇原載於《聯合報》副刊，一九七〇年四月二十四、二十五日出版。

黑潮

一

阿坤走了，阿坤是不聲不響地走的，鳳珠早幾個月就預感到，但她一直不相信阿坤眞的會抛開她而走，可是如今他眞的走掉了，剛才她到他的家去，他的家有他嫂嫂秋妹在，秋妹瞅了她一眼，投給她不屑的一瞥，鳳珠知道，秋妹在鄙視她，不僅秋妹，連整個村的男人女人都似乎瞧不起她，投給她以不屑的眼光。

阿坤的家是小百貨店，有糖果、有南北乾貨、汽水和烟酒等等，鳳珠實在不想購買什麼，但她必須購買，否則她不能跟秋妹搭訕也不會曉得阿坤的下落，她多麼的關心阿坤的下落啊。

「給我一包麵線，」鳳珠說，遞給秋妹一百元劵：「我沒有零錢，麵線一包多少錢？」

「兩塊五，」秋妹蹙了下眉頭，把一百元券接了過去：「不知找得開或找不開，嗯，還要買其他的什麼嗎？」

鳳珠不想再買什麼，但是她得探聽探聽阿坤的消息，她還存著一點希望，以爲阿坤會突然出現，像往常一樣若無其事的，其實正使用眼睛打暗號，比方：「妳在外面等著，一會兒我就會去」一類的，至於要在什麼地方等他，老早便講好了，那是離此不遠的海濱，有一片岩石，急速的黑潮不斷地在冲洗著那些千奇百怪的珊瑚礁。

她不是眞的想買東西，什麼麵線、大麵、米粉或魚罐頭一類她都吃膩了，到街上她倒喜歡走進麵店，吃一碗麵條，香噴噴的多麼可口。可是自己煮的麵條一點不好吃，香料不夠，油氣不夠，也缺少那幾片薄薄的豬肉，人家煮的麵條會催食欲，自己煮的麵條只夠空腹時充充飢。

「不要，」鳳珠用冷淡的聲音回答秋妹：「前次買的東西還很多，大麵、米粉，還有魚罐頭，又不是頂好吃，買那麼多幹嘛！」

「米飯也不怎麼好吃啊，」秋妹還她以顏色：「但我們一天都少不了它！」

「米飯是米飯！」

「唉喲，買兩塊五拿一百元券來，找給妳，什麼零錢都給妳拿走了！」

「人家還會給妳啊！」鳳珠打定主意，什麼都不多購買，她來這裏的目的，只是想打聽打聽阿坤的消息，她終於鼓起勇氣問：「唔，那兩兄弟，怎麼沒看到人呢？」

「去打貨啦！」秋妹在櫃枱邊數著鈔票，懨懨然的回答她。

「阿坤不會是去打貨的吧？」鳳珠的心房在猛烈的跳動著，她實在不願意提到阿坤的名字，她是不得已。

「阿坤，嗯，他也出去啦！」

「他出去了，他會到那裏去？」

「喲，他們有脚啊，自己的男人且管不住，那裏還敢去管別的男人吶，阿坤又不是妳的男人！」秋妹一點兒也不客氣，給她來個尖酸刻薄的回答。

那是個老頭兒，大家叫他阿濱叔，他正捏著一團烟絲塞在長烟管，他像是全不關心她們的談話，但當秋妹說出那句刻薄話的時候，阿濱叔竟然笑了，發出嘻嘻的古怪笑聲。

阿坤還沒有結婚，全村的人都知道，但阿坤卻給一個女人纏住了，大家也風聞到，小小的村落，一丁點事情都瞞不住別人，何況他們的事情已經持續好幾年了，阿坤喜歡這樣，大家無可奈何，儘管有不少人警告他，不要因那種女人而誤了終身大事。

秋妹當然曉得阿坤和鳳珠的故事，阿坤雖然是他的小叔，畢竟是他人，做阿嫂的只有睜一隻眼閉一隻眼不去管他了，何況他還沒有結婚，只要不太過分，別人也管不著。

鳳珠明知道秋妹在譏誚她，但她只有硬著頭皮站在那裏，爲的是想獲得一點阿坤的消息，據說阿坤走了，帶著一個人，是不是眞的？她曉得阿坤終於會選擇這一條路，但她希望不是現在，而是在不可預知的將來，在不可預知的將來，阿坤是可以離開她的，現在她可是多麼的渴望阿坤啊。秋妹譏誚她，她一點不覺得可怕，可是素以不管閒事聞名的阿濱叔也譏笑了，阿濱叔不是望著她笑，阿濱叔坐在一張破舊的藤椅上，依舊望著他的石子路，手指依舊揑著他的烟絲，裝好，他就點燃，抽烟，把一口薄薄的紫烟吐在他身前。

阿濱叔的笑聲似有那種意思：——妳跟阿坤的故事就這樣結束了，不再有尾聲了，妳一直是勝利者，但在最後的刹那，妳被甩開了，徹徹底底的被甩開了，妳也許會因此哀傷，別人可高興得不得了吶！——

——結束了！——

阿濱叔的笑聲沒有這麼長，他只嘻嘻笑兩聲而已，但在鳳珠的感覺裏，阿濱叔卻笑得那麼多也講得那麼多。

阿濱叔雖然不輕易吐露他的所感所想，但他是個會看相算八字的人，有一次有個陌生的小伙子來了，騎著嶄新的重型摩托車，年輕小伙子走後他卻在搖頭，說一聲不妙，有人問他是怎麼一回事，他說那小伙子霉氣太重，只怕兇多吉少，後來果眞不幸言中了，他開車開得太快，在轉彎處撞進了山谷，以致車毀人亡。

事實上阿濱叔一直沒有講話，但阿濱叔像一面鏡子，面對著他像在鏡子裏看到自己的影像，鳳珠一直以爲自己是年輕美麗的，可是面對著阿濱叔，她會覺得自己一下子蒼老而醜陋，什麼自信都烟消雲散了，她等不及獲得阿坤的消息，接過秋妹交給她的找零，拿著麵線，她就頹然的離開了那家小店鋪。

二

鳳珠的心房亂跳動，她早就聽到一些消息，說阿坤已經有了另一個女朋友，阿坤另外有女朋友並不是新聞；阿坤經常是如此，拈花惹草，幾無寧日，但鳳珠知道阿坤對那些女孩子不是眞心，只是逢場作戲，過幾天又忘記了，不再來往了，有時鳳珠還故意取笑他怎麼不去找某某小姐玩，阿坤總是攤手一笑，說他們完了，故事已經結束了，他把那個小姐拱手讓給某某人。阿坤的話都是很坦率的，當她提到某某小姐的時候，他總是毫不隱瞞的告訴她如何如何，可見他都不是眞心。

這次可不同了，他勾搭上了叫翠英的女孩子，翠英是個商職畢業生，家裏很富有，有幾甲田，有一所深宅大院，父執輩是這裏無人不知無人不曉的領導級人物，她的叔叔就是現任的縣議員，還有人當選什麼鄉長或農會總幹事一類職務，翠英自己則在農會裏的一個單位裏服務。

阿坤是個農校畢業生。

不知怎麼，他們竟然談起話來了，還相偕到小飲食店去吃點心或觀賞一場電影，翠英是個不苟言笑的女孩子，碰到阿坤，她卻有說有笑起來了，於是只要有空，翠英去找他，阿坤也去找翠英，阿坤在咖啡園出現的時間越來越少，鳳珠就是在咖啡園裏作工的，阿坤心神不寧，不常到咖啡園來，那麼鳳珠要見他就越發難了，好在咖啡還有別人管，阿坤不常在，並不礙大事。

鳳珠以前總是不太在乎的，她不能全擁有阿坤，那是命運，命運既然是這樣，她何必著急呢？阿坤喜歡怎樣就讓他怎樣吧，只要獲得他大部份的愛，而阿坤的確也是那樣，把他大部份的愛奉獻給她。

這次不同了，鳳珠很敏感，她預感這次的阿坤不同於往日的阿坤了，那些天阿坤碰到她，總是呑呑吐吐的，鳳珠要他到她們常去的那滿佈珊瑚礁的海濱，三次有兩次，他婉拒了，他推說有事，溜走了，從前他恨不得有這樣的機會，到了珊瑚礁那別人看不到的地方，他就貪婪的愛撫著她的身體，好像要把她的骨髓都吸進去似的，如今就算應約而來，也是心不在焉的輕摟著她，當鳳珠提醒他的時候，他苦笑笑，親了親她的嘴才說：

「我有點疲倦，哦，我最近忙得不可開交吶！」

「我知道你的心事！」

鳳珠眞不想說出來，她一直忍耐著，把那些話憋在心裏，可是她還是說出來了。

「我沒有什麼心事，眞的，」阿坤結結巴巴的回答她：「咖啡樹最近有點蟲害，大家焦急得要命哩！」

「你交了個翠英，你以爲我不知道？」

「她是個小孩子！」

「還不是跟秀梅或紅蘭一樣，是個成熟的女孩？」

「我們只是談過幾次話！」

「你們沒去看電影？沒去吃點心？你跟秀梅看電影，過後你告訴我。你跟紅蘭吃過點心，你也告訴我，這次你卻不敢告訴我！」

「我怎麼不敢告訴妳？妳又沒問我，我又忙得不可開交，根本沒機會告訴妳嘛！」

「你在瞞住我！」

「唉唉！」

珊瑚礁依舊，露著黑綠堅硬的醜陋痲臉，黑黑的潮流在繞著珊瑚礁，把珊瑚礁抱起來，吻著，舐著，卻又粗暴的推開了，黑潮忙著它的旅程，它們總是一去不回的，從遙遠的海洋來，又往遙遠的另一個海洋邁開它們的步伐去。

就在這裏，她跟阿坤結合了，也把茂吉甩開了！那是兩三年前的事。

三

當茂吉發現他們的時候，他們驚慌了，認爲該來的終於來了，茂吉像野獸一般的吼叫著，用他的身體撞他們，用他的手毆打他們，甚至用他的嘴咬他們，鳳珠想扭住他，力氣卻抵不過，阿坤的力氣可能勝過茂吉，可是阿坤似乎驚獃了，不敢反抗也不敢喊叫，任茂吉撞他，打他，推他，快被茂吉推進海裏去了。

「把他推下海裏去，一不做二不休！」鳳珠大喊，只要推下海裏，茂吉就永遠也爬不起來了，那黑黑的快速潮流會吞噬他，使他無影又無蹤，以往也有不少這樣的故事，滑進去了，任你是個善泳的漁夫也無法爬上來，給捲進去了，永遠永遠。

鳳珠幫著阿坤把茂吉推倒，茂吉被控制住了，一步步的滑下去，然後阿坤把茂吉擒伏了，壓在自己的身體下面。

「怎麼，你沒打算把他推下去？」鳳珠焦急的責問阿坤：「把他推下去不是一了百了了嗎？」

「推下去，那不是等於殺人嗎？」阿坤聳了聳肩。

「不是我們殺的呀，是他自己找死的呀，誰叫他也來到這裏！」

「我們何必呢？」阿坤不慌不忙，不願意聽從鳳珠的話，鳳珠失望了，她跺著脚罵他不夠男子氣槪，但阿坤還是保持冷靜，苦笑了一聲，這才說：「茂吉會咬人、打人，關起來不就行了嗎？」

「關起來？」鳳珠楞了，鳳珠一時想不出阿坤打的到底是什麼主意：「關到那裏？就在這裏的岩洞裏嗎？」

「哦，不不，」阿坤說：「在家裏，就在妳們的家裏，這要人家承認才好呢，把他關住了，妳我不就可以明來暗去的嗎，目的達到了也就好啦！」

鳳珠不以爲然，但茂吉在阿坤的控制下，阿坤不願意把茂吉推下海去，鳳珠也無可奈何，茂吉力大如牛，你想推他，不小心，說不定自己被推下去了，那才不是好玩的。

鳳珠去找繩子，把茂吉綑起來，跟阿坤兩人把他押回去了，鳳珠跟茂吉的家離海濱不遠，房舍旁邊種滿了林投樹，看上去實在有點古怪，茂吉在掙扎，用脚亂踢人，口出穢語，碰到鄰人，鳳珠就告訴他們茂吉要殺人，剛好給阿坤看見了，把茂吉制服了，但她不曉得怎樣處理茂吉才好，她故意問問鄰居們。

茂吉的脾氣暴躁，村人們都知道，還帶著濃重的神經質，對村人們也不客氣，村人們對他也沒有好感，當阿坤跟鳳珠怒氣冲冲的押解著茂吉回來的時候，村人們都認爲該來的一天終於來了，村人們楞在那裏，阿坤提高聲音告訴他們說：

「茂吉瘋了！茂吉要殺人！他在追趕鳳珠！」

鳳珠一下子哭起來了，連她自己都不曉得爲什麼會表演得那樣逼眞，她邊哭邊訴苦說：「他討厭我！經常罵我打我！這都不要緊，可是這次他想殺我，噢，有一天我會被他殺死！」

「若不是我看見，」阿坤煞有介事的：「她早被剁成肉醬啦，好在我看見，把他制伏啦！」

「刀子在那裏？禽畜哦！好可怕的瘋子！」村人們你一言我一語的詢問。

「我搶到了就順勢丟在海裏！再也不能讓他碰刀子。」阿坤說。鳳珠哭得更傷心，猛搥著胸，叫著苦命。

「這樣的人，無藥可醫，乾脆送到警察派出所去吧！」一個年輕人說。

「警察要管這樣的案子？」較爲年長的一個說：「他又沒有眞的殺人！」

茂吉吼著，叫著，這時掙扎著衝過去，把剛剛說話的那個較爲年長的人踢了一脚，害得他摸著大腿根大叫一聲。

有人憤怒，有人嘲笑，於是一個結論很快產生了，要把茂吉關起來，過幾天再說，五六個青年被選爲「執行委員」，浩浩蕩蕩的跟著阿坤他們把茂吉硬拖強拉回去了，就這樣茂吉的自由喪失了，他被關在特別的房間裏，本來那只是臨時性的，過幾天有人來看，想把他放出來，但茂吉怒吼著，咒罵著，那個樣子好可怕，來人只好搖搖頭，走開了，關照鳳珠一聲把房子設法弄乾淨一點，也要她把好一點的食物端給他吃，鳳珠唯命是聽，獲得了村民的讚揚。

其實在另一個房間裏，她卻把阿坤叫進來了。

四

已經兩三年了，茂吉一直沒有機會重見天日，人們漸漸忘記了他的存在，他不再暴躁，但也不與人談話，像一隻野獸般在房子裏踱著方步，鄰居們似乎也認爲茂吉應該過這樣的生活，因爲他的祖父曾過這樣的生活。

房間骯髒了，臭氣薰天，鳳珠不能常常進去打掃，有一次她進去，他竟然出其不意的把她扭倒了，她以爲她會被殺死，但她沒有，他只是貪婪的愛撫她，把她的衣服剝開，像往常一樣要她，於是她知道他要求愛的欲望比要求自由的欲望更大更大，她雖然萬般的厭惡，但一想到跟阿坤關係的延續，她只得忍受了，她嘴裏詛咒著，卻也不怎麼責備他。

「他會是瘋子嗎？」鳳珠有時會這樣想想。茂吉的行動有時委實太粗暴，但實際上也許還不到瘋顛的階段，何況那次被禁的直接原因都是她跟阿坤揑造的，茂吉木訥無法證實自己的淸白，舉動粗暴，反而證明他的有罪，糊裏糊塗的被關了，就那樣他一直失去了自由。

鳳珠如今想起不少茂吉的好處，茂吉的愛是率直而專心的，不專心的倒是她自己，她的愛走私到阿坤那裏去了，能夠獲得阿坤的愛，鳳珠一直覺得心滿意足。

可是阿坤變了，自從翠英出現之後，阿坤不願意多理睬她，阿坤有一天會離開她，那是理所當然的，但這麼快，那一天就來臨了，這未免使人悵惘。

其實茂吉也不壞，就除了粗暴和木訥，鳳珠想：他的愛撫總是強烈和固執的，這一點阿坤比不上茂吉，阿坤有時心不在焉。

房間是幽暗的，她坐在欄柵前面，好幾餐，她忘記端食物來了，她特地做了個荷包蛋，還有香噴噴的白菜豆腐味醬湯，蓬頭垢面的茂吉睜開了神經質的眼睛，一下子跳躍過來了，把那些食物狼吞虎嚥下去，然後像往常一樣，他顯得稍微安靜些。

越過欄柵，他把他粗厚邋遢的手伸過來了，他在撫摸著她白嫩的手臂，然後，他的手伸上來了，他摸索著她的胸脯。

「我對你並不壞吧？」鳳珠說，露出好幾年來未曾露過的微笑。

「唔唔」茂吉發出呻吟聲，在她聽來，他似乎在回答著個是字。

「我關你是不得已，」她又悠然的說：「你瘋了，不關起來恐怕會危害他人，但是看來你已經好多了！」

「唔唔」

「我放你出來好嗎，你要慢慢學習一般人的生活。」

「唔唔」

「你對於鄰居們不必多說話，默默的作工賺錢，儘量少到街上去。」

「唔唔」

「你答應了是嗎？」

「唔唔」

「你既然答應了，我就試試看了，要是不規矩，我只好把你再關回去。」

「唔唔」

她把鎖頭開了，也把門閂拔出來，推開了欄柵，笑容可掬的把他請出來。

他瘦骨嶙峋，只有一雙眼睛大大的，發出特別敏銳的光芒，佝僂著背，逡巡片刻，經鳳珠再三催促，他這才一步一步的踱了出來。

鳳珠去拉他的手，表示親善和歡迎，她說：

「來，我幫你洗洗澡，你好久沒洗過澡了！」

「唔唔」

柔馴得像一頭羊的茂吉忽然變了，他把他的手伸過來纏住了她的脖子，他發出古怪的笑聲。

「哦，不要！茂吉，我不要！」她還以爲是他在開玩笑，要著她的身體，但好像又不是，她的脖子給他纏緊了，呼吸困難，這才曉得事態未免太嚴重了，她本能的撞了一下他的下腹，他放下手，她像一隻飛燕似的掙脫開去。

——我會被殺死！——在心裏，她慘厲的喊叫著，向熟悉的路拚命奔跑出去，她怕碰不到人，又怕碰到人，多傻啊，都是自己惹出來的，惹出一場大笑話來。

他從後頭趕著，拚命的趕著，顯然，他的身體虛弱，跑得有些上氣不接下氣，但他拚著命，緊緊的跟著。

原來還是那條通往海濱的路。已經是珊瑚礁地區了，今天風好大，浪頭像一匹匹黑色的巨獸，擡起頭來，又深深的藏在黑色的森林裏。

她沒有求饒，她知道那是多餘的，好幾年來他都忍受過了，今天獲得了自由，他必定想實現他日以繼夜想過來的問題，他會痛痛快快的去做，那毋寧是人之常情。

他還是人嗎？也許早已不是了。

他還在緊跟著，走投無路了，她跳進了海裏，急促的潮流加以風浪，她想鑽出頭來呼吸一次都不能夠，她彷彿聽見尖銳的笑聲，那麼悽迷又傲然。

也許只是更大一點的風浪吧了。

——本篇原載於《聯合報》副刊，一九七〇年十月十五、十六日出版。

禿頭灣的海灘

一條舖滿海砂的路，被冬天的太陽曬得白白暖暖的。背上的漁網好重，我閉緊嘴巴，踏著沈重的步伐向那邊長滿木麻黃的村落走去。微傴僂著背，宛如要在那白白暖暖的砂路上遺留下恐龍般的脚痕。

——這次的收穫也夠糟！——我在心裏嘀咕著，冬節打算另買一隻小母雞燉人參，給多病的母親補補身，可是偏偏湊不出那百來塊錢來，還談什麼人參？阿坤伯要嫁屘女了，總得包個小紅包，給她添添嫁妝，那些錢反正是優先的，勒緊褲袋也得先湊出來。

「阿海，你回來啦！」

有人跟我打招呼，用沙啞的男低音，我抬頭，看見張被海風燻黑了的臉。阿坤伯在微笑著，雖然阿坤伯的話聲很低很短，但阿坤伯的話充滿情感，也祝福著我能平安的回航。

「哦，阿坤伯，我是的！」我也簡短的說，繼續著並不太急的回程。喲，我想起來了，他的繡琴不就是要出嫁的嗎，我趕忙問他：

「你的繡琴？……」

「二十嘛。」

阿坤伯就那樣錯過去了，手裏一支長旱煙管，他永遠那樣灑脫樂觀，儘管他夠老了。我木然的。我瞥了下路邊的小河，流淌著濃黑液體的。幾個月前那還是如處女般純潔的小河。

二十號是什麼日子？我思忖。有幾天了，在近海上，海上颳著刺骨的風，海浪像萬馬奔騰，但漁民們總是不願失望的，一次又一次的拋下漁網，把撈到的些些魚跟歎息一同埋在舖滿冰塊的箱子裏。

今天到底是幾號？我把背後的網往肩上一拉，心裏不斷的數著：出航是十四，那不會有錯，阿坤伯要打漁郎儘量選擇雙日出海，他常說雙日才是好日子，我不曉得其他海灣打漁的是怎樣，但這個禿頭灣倒是這個樣子的。

十四出去，過了一夜就是十五，嗯，海上看滿月倒蠻有意思。沒撒網的時間，石龍總是窮吼著，吼著那些不知聽了幾百遍的山歌，十五過去就是十六嘍，然後是十七，哦哼，十九，沒錯，今天是十九，在海上整整六夜，他媽的，二十號不就是明天嗎？

得送百把塊錢去，好在不是討媳婦，討媳婦就得多送點兒啦，百把塊不會失禮，那一次別人嫁妹仔，阿坤伯也這麼說過。這次是他自己嫁屘女，也這麼辦吧。晚上送過去，晚上不送過去，明天只怕嫌晚啦，是添嫁妝的嘛。

咦，迎面來了個女孩子，好生熟悉，步伐沈重，還有那哭喪的表情。服裝倒是頂摩登摩登的，紅色的毛線衣，黑色的短裙子，上身還披著米黃色的風衣，耳朵下面隱約露出了綠色的耳墜子。長長的髮絲，微風在撫弄著。

眞不害臊，阿海，別儘瞪著人家，人家是高貴女郎呢，你配？呔，低下頭吧，去走你的路。回去補漁網。撈到的魚，連付漁網的分期付款都不夠！

不過，她好生面熟！她，她會是誰？

「阿海。」小小的試探似的聲音。她停下來了，我瞥見了平頭黑亮的高粗跟鞋。

不可能是我，那太不可能！

「阿海，你不認識我了嗎？」哀求似的聲音。

我不能再狐疑了，我衝口而出：「美蘭！」

「總算還記得我！」她嚯然一笑：「你在想什麼？伯母好嗎？」

「嗯嗯，眞沒想到會是妳，妳幾時回來的？」

「剛剛。」

「妳要去那裏？哦，我想起來了，必定是繡琴那裏！她明天就要出嫁啦！」

「我說我是回來看你的，不行嗎？」

「嘿嘿，我出海去了，這些天。」我傻笑。

「魚打得多不多？」

我攤開手，指著旁邊混濁的小河：「大概，這些毒水嚇走了魚兒啦！」

「嗨！」她蹙了蹙眉頭。她好美好美喲，雖然她的穿著不一樣，她的美還是純樸的。

「我該走了。」我說，我就又走起我的路。我又把網往肩上一衝。以前好像不是這樣子的，我們總是有好多好多的話，但只有一年多一點的功夫，我們竟然失去了我們的話題了，她不再是穿著隨隨便便的漁家女兒，而是個摩登的像個大學生的少女，哦，她好陌生好陌生哦，我只好說我該走了！

「我也該走了。」她也說。

不知怎麼，我佇足回頭，我看見了她寂寞的微笑，我們默默地彎入小河去，那些白白圓圓的小石頭，現在都蒙上了一層薄薄的墨紛，像是永遠也沖不淨。在林投樹的那一邊，我拋下了我的漁網，我坐在漁網的一端，也示意她坐在那一端。

「女人怎麼可以坐在漁網上？」她說，不肯坐下去。我掏出新樂園故意移開視線，她的小腿在發亮，還有白裏透紅的大腿，我眞不曉得都市的女人爲何這樣的慷慨，肯把她們的美儘量展覽。

「還不是一樣，」我打從心底那樣想：「女人坐與不坐，反正撈不到魚兒來啦！」我狠狠地噴出一口煙。老天，蒼白蒼白的。

她這才坐了下去。

對面也有幾棵老林投樹，禿了的樹幹上還掛著兩顆熟透的「小鳳梨」，我曾冒那危險的利刺，替她摘過小鳳梨，色澤鮮豔，味道也甜甜的，但總不是可吃的，摘了一顆，丟了一顆，摘了五顆就丟了五顆，長長的葉邊和中脈的刺好厲害，我劃破了好多處皮膚，滲著血，我不在乎的反覆著那種遊戲。

「妳要，我就摘，」我常這樣告訴她：「妳要幾顆，我就摘幾顆！」

「我會替你補衣服，」她回答我：「你有幾件，我就替你補幾件！」偏偏的，打漁郎有補不完的衣服，剛補了膝蓋，明天屁股後面又破了個大洞。

眼前流著黑黑的水，魚兒們不見了，原來有好多好多魚兒的小河，有海魚，也有河魚，在清澈的水裏面泅游著。打漁郎有時沒出海，或他們的婆娘們有時想吃河魚，換換口味，他們就會到這裏來撈捕，有的帶著竹製的罩仔，看到魚就從水面上罩下去，有的用放水法，使河流改道，把那一灘的魚兒不管大小都捕盡，尤其一陣洪水過後，當河流恢復到平常時，抓河魚的人就大爲增加。

「妳想要嗎？要，我就替妳摘一顆玩玩！」我抖擻精神的說，望著那熟透的「小鳳梨」，看到她在搖頭苦笑，我也無精打彩的移開了視線。

「我們已經不是小孩子，」她說：「我們都長大了！」

「但我們才離開一年多！」我有些不服氣，嚥下了口沫，我隨即又想一年多期間沒變的是你自己，她可變得又漂亮又成熟了。

「你沒有變，」她嘴邊又漾著羞澀的微笑：「一年多了，你還是照樣！」

「打漁的嘛，永遠打漁！」

「打漁的人令人羨慕！」

「打不到漁，只怕餓死啦！」

「但是打漁郎還是快樂的！」

「難道妳不快樂？」我真的覺得她有些鬱鬱寡歡。

「我為什麼會快樂？」她反問我。

「妳在上游的大公司裏服務，待遇好，穿得好，妳不快樂，誰快樂？」

「待遇好，穿得好就會快樂嗎？」

「禿頭村的人都恨不得往那裏跑！」

「我可恨不得回來過著從前一般的生活！」

「妳不怕窮死？」

「自由自在的，你不覺得最寫意嗎？」

忽然她站了起來，把一隻手伸過來：「來，阿海，讓我們到處走走！」

「妳想去看看燈塔嗎？」我拉緊她的手，也站了起來，把破漁網丟在那裏。

「到處走走就是，我們以前玩過的地方。」

「那些高大的木麻黃樹林？」

「嗯。」

「那高高的防波堤？」

「嗯。」

「那些白白的砂灘？」

「嗯。」

「哈！」我嘲笑了起來：「那有什麼好玩，不如到禿頭街去，那裏的電影院正在上演愛你入骨！」

「十多年前的老片子！」她搖了搖頭。

在燈塔上我們俯瞰著整個海灣。

「在我的記憶裏，」她黯然神傷的說：「禿頭灣的海水是深藍的！」

「可不是！現在卻變成黑水了，妳看海灘，都是骯髒的泡沫！聽說這些髒水都是妳那家工廠的傑作！」

「一點兒也不錯，我那家工廠是罪魁，是一家化學工廠。」

「聽說總經理對妳很好！」

「誰說的!?」冷不防，她把手提包揮了過來，正中了我的臉頰，我莫名其妙的摸了摸熱辣辣的臉，她還氣唬唬的說：「他只是我的上司，我們是同事關係，你們就這樣講我，哦，我恨你！我恨你！」她哭了，掩著臉哭了。

「總經理提拔妳，不是很好嗎？」我又笨拙的說：「大家恨不得巴結總經理，而妳輕易的做到了！」

我不曉得她爲什麼如此的傷心和氣憤，總之，她在搖頭，在嗚咽，斷斷續續的：「你們都這樣笑我，連你！」

「我沒有笑妳！」我由衷的說。其實我聽到的也不過如此罷了。

等她情緒安定，我們才走下了燈塔，走進了木麻黃林下，又走到長長的砂堤上，最後走到海濱。

海上沒有漁船，從這裏也看不到小港口。

她默默地走著，偶爾彎下腰撿起了貝殼。但隨即丟掉了，那是些染黑了的貝殼。

在一塊較乾淨的砂地上，她毫不遲疑的坐了下去，旁邊長滿了厚葉子，像仙人掌一般的蔓草，開著小黃花。

低著頭，玩弄著砂，她說：「我眞願意回到昔日的生活。」

「那還不簡單嗎?辭職不就行了嗎?」

「才不這麼簡單呐!」

「哦，我知道了，妳是說這裏也不同於過去了，海已經給汚染了!」我裝著蠻聰敏的樣子。

「是……給……汚……染啦!」她悽然的。

她就伏在那看不到漁船也看不到小港口的海灘，烏黑，帶著髒泡沫的波浪一下又一下的沖洗著她的背脊和修長的腿。

隨著太陽上昇，漁民們也逐漸聚攏過來了，有人哀傷，有人哭泣，有人咒駡，只有阿坤伯默默的，他的手裏依舊帶著那支發亮的長煙管，走進較深的一邊，彎著腰，用單手潑著乾淨的水替她沖洗，然後他把她的身體翻了過來。

臉上有砂粒也有頭髮。

阿坤伯潑水，把砂粒和頭髮沖走了。

大家看到一張蒼白的臉。眼窩邊又濕又黑的，那眞像淚痕。

「那總經理眞夭壽！」石龍大聲詛咒。

「都是命運，」阿坤伯靜靜的說：「她要怎麼，落地時已經決定了，像這個小海灣，誰又有什麼辦法使他再乾淨？」

阿坤伯的臉正對著晨曦，他的表情雖是平靜的，但流淌在鼻翼的兩顆淚珠却逃不出晨曦的搜索，發出晶瑩的光。

——本篇原載於《中國時報》副刊，一九七二年元月十六日出版

炮仔樹

一

在那斗室裏，她像一隻被追趕的母鹿，渾身的不自在。她看不見獵人，但曠野四周的草叢裏，似乎藏著不少的獵人在那裏等候著她挨近，看準目標，扣動獵槍的扳機。

她戴上了帽子，那是她從日本買回來的，是頂很優美的圓形帽子，「日本女人都很喜歡戴帽子，各式各樣的，妳戴戴看，這一定很適合妳。」他說，他把帽子往她的頭上一擱。

那是頂白色的帽子，有邊兒，但不算太大，還有一條很美很美的粉紅色的帶子，戴上了它，她當時失聲的笑了，哦，這，不可能的，你看鏡子裏的我，哪裏還像是我，那不是我，我已經變成另外一個人啦，呵呵。

「帽子很重要，」他也笑得闔不攏嘴：「歐美的女人也都很喜歡戴帽子，只有中國人、印度人跟非洲人不太喜歡，喜歡戴帽子的民族的女人們都很幽雅高貴。」

「我們有斗笠，」她故意嘟噥著嘴反駁他：「要遮太陽，斗笠最好，又輕又通風。」

「斗笠是農夫們戴的，一個都市的現代婦女怎麼也可以戴上那種東西？」

「我不也是農家女嗎？」

「嗯嗯，那是幾年前，現在妳已經是輪機長的太太，應該忘記那種生活。」

「也該忘記我的爸爸跟哥哥他們？」

「別扯得太遠嘍！」

他親了她的嘴，還貪婪地愛撫了一下，才放開她。

——不要戴帽子，她告訴她自己：——帽子有太多他的回憶，但是他現在在哪兒？在美國？歐洲？或者是紐西蘭？——

做船員的太太就得忍受這一點，溫存得很熱烈，很體貼，但相聚總是匆忙而又短暫的，有時候好不容易才靠岸了，但卻在高雄，時間是三天，她不能讓他浪費時間在火車上面，於是她事先等候在高雄，痛痛快快的共同渡過那三天的時間，然後又是一連串的等待，一等就是幾個月甚至一兩年。

她丟下了帽子，換上一件迷你裝，那是在第一公司購買的，三百八十元，在那個攤位，那是件最豪華的迷你裝，她捨不得買，但是他搶著買了，那是紅花藍花間雜的高貴料子，裁工不錯，「這是最合適的一件，妳不願意買它？」

他表示不滿，她只有苦笑笑：「太貴嘛，那些一百多塊的也就夠了！」她說。

她雖然喜歡穿那一件，但也只有跟他厮守在一起的時候，而跟他在一起的時間卻又是那樣的短促。

不能穿它。她把剛穿上去的那件迷你裝又脫了下來，這裏有他的體臭，那是別人聞不出來的，穿上了它，她彷彿看得見他的粗厚的巴掌在那上面爬。

那是隻薰滿了鹹風的巴掌。

她稍微修飾了一下臉部的化粧，梳梳頭髮，穿上了件家常便衣——一件淡藍色花樣的無袖襯衫跟黑色的窄裙——帶著手提包就從三樓的房間走了下來。她最怕看到底樓百貨店裏的那個阿巴桑，阿巴桑是屋主也是他的一位遠親，他經常不在家，他說阿巴桑的家人口單純，就在這裏住吧，其實她知道阿巴桑也兼做監視她的任務，阿巴桑在底樓照顧著店舖，很少出去，那麼她想要出去或進來，總逃不過阿巴桑的視線，阿巴桑也是她的搓麻將的好搭檔，碰見了阿巴桑難免搭訕幾句話。

此時此刻，繡雲實在害怕碰見阿巴桑，「繡雲，妳想到哪兒？」阿巴桑必定會這樣問她。她想看看電影或去看朋友，阿巴桑多數時候會陪著她去，阿巴桑如果眞的走不開，會派女店員陪著她走一遭。有一個女店員叫秋蓮的，長得蠻可愛，繡雲也的確確喜歡跟她在一塊兒，然而此刻她什麼人都不需要，她們在監視著我，我何嘗不曉得，我有什麼理由需要受到她們的監視？

阿巴桑也許到別的地方去了，她吁了一口氣。秋蓮在招呼著客人，無暇管她，她若無其事的踱了出去。

二

炮樹的潤潤的葉子在受著強烈的陽光也受著鹹鹹的海風，像無數的翠綠圓盤在自動的不斷的傾倒著數不盡的翡翠色珠子。

那裏還掛著黃的紫的大型的花。

「炮樹使我想起了那座海島。」

那是阿明的聲音，已經是好幾年前的事了。阿明穿著高中生的制服，肩膀上還吊著箇偌大的書包。

「那座海島也有炮樹？」繡雲問他，她挨得很近，幾乎會碰到他的身子，只要他偶然舉起胳臂，很顯然的，他的胳臂就會碰到她突出的胸脯。

他們就坐在那棵枝葉扶疏的炮樹下，那下面有濃濃的樹蔭，還有鹹鹹的海風，眞涼爽眞涼爽。

「有哦，好多好多哦，樹上還有數不清的白海鵝。」阿明講話的時候總是望著他的書本，或抬頭凝望著大海。那天大海裏的浪頭不算大，細細的長長的不規則的波浪像爬蟲一般迅速的往海岸滾過來，當後面一個較快的浪頭賽過了前面較慢的浪頭的時候，那後面的浪頭就慌張了，不知所措了，散開了白白的浪花：「妳看，」阿明指著那些瞬息萬變的浪花陡地告訴她：「眞像一頭頭的大河馬在張開嘴傻笑！」

「什麼叫大河馬？」繡雲愣了一下，其實繡雲不是全不知道，只是阿明提得太突然，使她有些莫名其妙。

「在臺北的動物園也有呢，非洲產，好大好大的野獸，喜歡住在沼澤附近。」

「誰要你講大河馬！」繡雲說，挨得更近一點：「我要你再講點那座海島的故事，你在那裏待得夠久啦！」繡雲希望他會出其不意的擧起他靠近這邊的胳臂，那麼說不定他的胳臂就會碰到她的胸了，那時她也許會故意大叫一聲：「喂，阿明，小心一點，你的手碰痛了我的胸啦！」還故意拉長面孔瞪他一眼，但內心裏她眞想告訴他那一點不礙事，就算你眞的碰痛了我的胸，我也不會怪你，甚至我……恨不得你那樣！

至少，你該多望望我的臉，不要老是看著你的書本或那該死的大海。

「你說的白海鵝是不是跟我們的鵝一樣？」繡雲再問他，從他的胸前仰望著他的臉。

「嗯，一模一樣，」阿明曾一度注視她的眼睛，她故意眨了幾下：

「海鵝嘛，會飛，翅膀較大，嗯，牠們成羣結隊的飛翔在大海上，那才夠壯觀哩！」

「可以不可以吃啊？」

「可以啊，那個期間，我跟我爸和阿雷哥吃的就是海鵝肉。」

「有蛋嗎？」

「有啊，遍地都是。」

「唉，多美，說多美就有多美的孤島……」

「有毒蛇吶。」

「毒蛇！」繡雲驚叫了起來：「你從前沒談過有什麼毒蛇！有毒蛇還了得，那些蛋啦，海鵝啦，不是被吃光了嗎？」

阿明調皮的笑了笑，這才若無其事的說：「幸好，牠們是海毒蛇，就在珊瑚礁洞裏，淺淺的海上，你不去惹牠們，牠們不會咬你。」

「難道你惹過牠們？」

「我爸爸知道啊，我爸說有些海島裏有海毒蛇，不要在海濱亂走動，給咬了可不得了哩！」

「唉呀，眞把我嚇死啦，」她故意大驚小怪一番：「你看我的心房，跳動得好厲害哩，那麼美麗的無人島，有炮樹，有白海鵝，可是却有那麼可怕的海毒蛇，聽了眞掃興，嗯，你摸摸我的心房！」

她把他的手抓過來，放在自己的左胸上，他本能的想抽回去，但她抓得緊緊的，猶豫了一下，這下他下定決心似的握攏了他那隻巴掌。軟軟的肉塊有一丁點反應，那是繡雲求之不得的，她感到渾身的痙攣與快感，只那麼一剎那，他掙脫開了。提著書包一躍而起，便往海濱那邊急奔而去。懶懶的波浪一下又一下的舐著沙灘，要不是他穿得整整齊齊的，說不定他就那樣跑進海裏去了，他不會害怕海，他是個小漁夫，現在他是高中生，但他不會改變他的生活，他一回去，要幫著他的爸補網，拖魚箱，拉冰塊，在那小漁港邊，他有他的做不完的工作。

「阿明，你不要跑啊！我有話告訴你！」她失望了，她也追趕過去，但他跑得好快好快，那裏有他的家，屋裏周圍種滿了炮樹，也有林投樹，他的爸爸很率直和藹，阿雷哥可惹人討厭，她不願意隨便到他的家去，於是她只有眼巴巴的望著阿明消失在炮樹叢裏。

三

今天是不是一個很特別的日子？希望不是什麼特別的日子，有一次回來就是個很特別的日子——媽祖生日——滿街的人，一點情趣都沒有，一個普通的日子才是她所巴望的。

繡雲並不是有什麼計劃的，她只是心血來潮，來個郊遊，如此而已。阿巴桑不喜歡她單獨做這種玩藝兒，阿巴桑說做人的妻子就最好不要單獨行動，要有個可靠的人做做伴，如果交了個不三不四的朋友，這個家庭就被破壞了，何況繡雲的家不是很普通的家。

公路局的巴士在坦坦的公路上疾駛，位子很舒服，風不斷的吹進來，吹亂了她的頭髮，也把淡綠透明的頭巾的三角尾部給吹翹，不斷的上下左右擺動。

強烈的夏日的陽光從右邊的窗戶射進，把坐在右邊座位上的旅客晒得熱不可當，緊蹙眉頭。

沿著大河旁邊的路。

越過大河，那邊也有山，有一座山很有名，很多座廟，她去過幾次。那邊沿河也有一條公路，但那是石子路，她曾坐過摩托車奔馳過，摩托車的駕駛員是個男孩子，長得很瀟灑，他不是阿明也不是什麼熟悉的人，是在那邊河口的海濱認識的，那邊的海濱也種著炮樹，但更多的是木麻黃，她擎著支花洋傘走在那炮樹跟木麻黃下的砂子路上，卜卜卜的摩托車聲音從後頭趕過了她，然後他停下來了，他戴著濃黑的墨鏡，穿著花花的短袖襯衣，胸前有繩子的結，褲子是窄管的，他抽出一支煙點燃，她走近，他若無其事的拍拍後座，說：「不坐嗎？反正我也要到那邊去！」

她一扭腰，坐了上去，把她的洋傘傾前，也遮在那個小伙子的頭上。她把右手搭在他的肚子前面。

摩托車在濕潤的砂子路上奔馳。過了沙丘，海就在咫近之間。

在一棵較大的炮樹下，他停了下來，也弄熄了引擎。

「妳來找尋什麼？」他問她，鋪了一層報紙，坐下，也拉她挨著他坐下。

「唉，空氣好新鮮。」她瞇細著眼睛，猛吸一口氣，答非所問的。

「這就是妳所希望的？」他把手搭在她的肩膀上。

「不好嗎？」她瞅了他一眼，帶著無限的嫵媚。

「我也是一樣的。我孤獨、寂寞，我希望有個談得來的朋友，妳不也是一樣嗎？」

她搖搖頭，她故意搖得很厲害，以表示她不是跟他一樣的，但結果似乎是相反，他認定她是同類的，他漾出了傲然的微笑。

他攏緊了她的肩膀，把臉湊近來，伸長了他的嘴巴。

「我不要，」她把他的臉推遠了：「我不是那種女人，你誤會了！」

「我知道！」他順從的說：「我知道妳不是那種女人，我才喜歡妳，妳若是那種女人，我根本不會理睬妳！」

她心花怒放了，他順勢把她摟得更緊更緊，且把嘴唇湊過來了，她做了最低限度的抵抗，被推倒了，他覆蓋了過來，她想掙扎著看看上面的寬寬圓圓柔柔軟軟的炮樹的葉子，但被他的臉龐遮去了視線，什麼也看不到，於是她失望的闔下了眼睛。

回程，他們奔馳在那長長的凸凹不平的石子路上，她有些恍惚，她不知道他是不是也那樣。無論如何他開得好快，他還時不時的扭轉脖子來說他可以開得更快更快：「隨便你！」她說，她摟緊了他的腹部，也把她的前身貼緊在他的背部，他叫什麼，她竟然沒興趣問，到了城市，他們分手了，毫無留戀的。

今天是不是特別的日子？繡雲並沒有深深思考過，她倒希望這是個很平凡很普通的日子，很平凡很普通的日子，她才能見一見阿明，若是很特別的日子，比方像那次的媽祖生日，就算見了也等於沒見，他忙他的事去了。

那次在那狹窄又彎曲的街道裏碰見了阿明，阿明騎著自行車，自行車的後座載著一個菜籃，裝滿了小菜，看得見各式各樣的塑膠袋子。

「阿明！」她隔著人羣喊叫。

他回過頭來了，也看見了她了，但他並沒有停下來，只回答了聲「噢！」，然後用手勢指著他後面的菜籃，大聲回答她：「我得趕時間！妳等一會兒也來吧！」他在人羣中急速的泅泳過去，不見了。

那就是那個特別的日子的故事，她好不容易才碰見阿明，但却是匆忙一瞥，又被溜得無影無踪了。

風，好涼爽的風。

河這邊，坦坦的，一會兒有農家，一會兒有小工廠，大多數時候她可以遙望到河那邊的景色，石子路看不見，但偶而的，她可以看見若隱若現的車輛在那裏蠕動著，兩岸有擺渡，有一艘蕩漾在大河中間。

好美好美的日子！她想：這樣的日子應該有意想不到的快樂在等著我！

她彷彿看見了少年的臉，那像是阿明的，又像是那個不知名的少年。他們有時單獨的出現，有時層疊了，有時一個代替另一個，那少年曾留給她莫名的快樂，但主要還是阿明，他已經是個大學生了，一想到他的純樸，充滿理智的臉龐，她的心就覺得暖烘烘的。

四

阿明有了船了，那是好幾年前的事，那是艘裝著馬達的最小最小的漁船，雖然夠小，但有自己的馬達船，從阿明的家說來還是破題兒第一遭。祖先們都是漁夫，他們也曾有過屬於自己的船，但都是手搖的，手搖的船不能去得太遠，只能在看得見陸地的海洋裏打漁，漁網也不能太大，載了冰塊、食物和飲水等等，一隻小漁船就經常滿滿的，連活動的餘地都沒有。

「要不要去看看我的新漁船？」

那時阿明還沒有今天這樣愛害臊，喜歡跟她開玩笑，或沒完的跟她聊天。阿明彎起了他的胳臂。搖晃了幾次，表示他有了船，頂呱呱的。

「眞想去！」繡雲笑開了，她由衷慶幸阿明有了新的馬達漁船。造船的地方離這裏遠一點點，還得搭火車去。

「想去就去，」阿明說：「我爸爸跟哥哥這幾天都在那裏，我們去，他一定很歡迎，我晚上打算在那裏過夜呢，明天晚上，後天晚上，說不定是很多很多個晚上，反正暑假剛開始，我還可以跟著爸爸出海打漁吶！」

「恭喜你，阿明，你的願望總算實現了，你可以痛痛快快的去打漁了，打多點的魚，你可以發財了！」

「我能夠做一個頂天立地的漁夫，那才是我最大的願望！」

「噢，阿明，我實在不曉得什麼叫做頂天立地的漁夫，也不曉得你要怎樣去做，但我祝福你，祝福你成爲一個頂天立地的漁夫！」

「謝謝你，繡雲！」

是繡雲把他攏緊了，像西洋人一般的親了親額頭，害得他整個的臉到脖子都泛了紅暈。

「我已經大了吶，」他低著頭囁嚅著抗議：「不要動不動吻人，怪難爲情的，我們又不是歐美人。」

「有什麼關係，」她傻笑著回答他：「我把你當做親弟弟看待，偶而親熱一下有什麼關係？你忘記了嗎？小時候我常抱你，揹你，牽著你的手到處玩，跟你擦屁股，換尿布什麼的哩，嘻！」

「如今我已經這麼大了！」他還是大不以爲然的樣子。

無論如何，那時的阿明還很率直，她請他看電影，他跟著去，她要他到高爾夫球場玩玩，他也高高興興的跟著去，當然，最多的還是那些海濱的炮樹下，那裏有他們無數的回憶，阿明打開他的英文課本或數學課本，她也跟著他學了一點什麼，或者他在溫習功課，她在他的身旁靜讀著她的小說。

那一天她終於跟著去了，坐著火車，好幾個小時，到達那全是漁村的很是熱鬧的小村落，充滿魚屑和魚腥味，漁船擺滿了小小的漁港。

在船塢，阿明很快便指給她看看他的新船，實際上已差不多好了，阿明帶著她繞著新船指指點點，也許他們有事情剛好離開了，船匠和阿明的爸都不在那裏，阿明歡天喜地的沿著樓梯爬上去，從那上面喊著繡雲爬上來看看，她也毫不加考慮的爬了上去了，新簇簇的船，充滿油漆味；裏邊全是嶄新的樹木，那麼堅固牢靠，還有馬達，它該可以發動了。

「這是我的船，哈，是我兄弟跟我爸的，再過幾天我就可以駕著我的船到大海裏打漁去了！」阿明不斷的興奮的數說著。

沒有待多久，他們聽見粗獷的談笑聲，阿明急速的奔到樓梯口去迎接，喊叫了聲：「爸」跟「阿兄」，不一會兒，從船舷露出臉來的是阿明的爸爸，阿明的爸爸本來是笑容滿面的，可是當他看見繡雲的時候，他驚呆了，用發抖的聲音說：

「妳！一個查某子，怎麼也可以到這裏！」

「阿叔，」繡雲還不知就裏，仍舊笑容可掬的打招呼：「我跟著阿明來了，你們的船眞棒，恭喜恭喜你們呀！」

「她！」另一個人探出頭來了，先楞了一下，接著他立刻暴跳如雷的躍了上來，粗暴的抓了她的頭髮就往下推下去：「船！一艘新船！妳這個死查某子，妳是什麼東西，也敢爬上來！」

那是阿明的哥哥，叫阿雷，繡雲當然認識他，阿雷後面還有一個打赤膊的大男人，看樣子是船匠了，他的手裏剛好帶著支曲尺，他憤怒的揮起了他的曲尺不管三七二十一的抽了幾下她的背，怒氣沖沖的詛咒著：

「賤貨！新船給妳弄髒啦！」

她從樓梯的半途跌了下去，幸好下面是平坦的地，她沒有受傷，嗚咽著逃開了那個地方。

五

難道我眞是個賤貨，弄髒了船？

繡雲有時候會這樣問問自己。眞湊巧，要是那時有人在船上或船邊，就算她想爬上去也會及時被阻止了，那麼什麼事都不至於發生了。

是她帶來了不祥的陰影？

雖然經過一場相當盛大的下水典禮，但他們父子似乎不是眞的喜歡那船，然後很快遇難了，眞的遇難了，阿明、阿雷和他們的爸，連同新船失踪了，暴風雨和引擎故障，他們被漂流到方位都辨不出的無人小島，那裏也長滿了炮樹，還有無數的白海鵝。

他們在那裏好幾個月好幾個月。

幸好那裏有食物，有草，有樹，還有那吃不完捉不盡的海鵝和海鵝蛋。

那是個奇妙的小島嶼。

海浪好大，他們絕少看到船，很顯然的，他們離開航線好遠好遠。

阿明不再像以前那樣親近她了，她更不敢到他們的家去，雖然他們終於回來了，但他們已經損失了那艘新船，還有不少貸款得清償，於是他們一家有的是忙碌的了。

阿明總算能夠繼續求學。

偶而，她在那種滿炮樹的河濱碰見阿明揹著書包從學校回來。

她不願意再去碰觸那個創傷，但以她和阿明的關係說來，那是必然的，因爲那不僅是繡雲個人的錯誤。

「對不起，阿明，是我帶給你們不幸，害得你們丟了船又險些丟了命。」

「這都是命運，我怎麼敢怪妳呢?都是我的無知造成的!」

「女人眞的是禍水嗎?」

「是誰說的?鬼才相信!」

「你們在那無人島，可說是吃盡了苦頭啦！」

「有一件事，我不敢跟別人講。」

「什麼事情？」

「我覺得很好玩，儘管我們家因此破產了，但我覺得那眞好玩，像是魯濱遜漂流記。」

「阿明漂流記！你何不也寫寫，說不定能夠轟動呢！」

「別開玩笑了，我又不是學小說的，將來我想當個工程師哩！」

「將來，你那種遭遇，對於你的一生，說不定是很好的經驗。」

「總之，那是很美的地方，尤其早上、傍晚或有月亮的晚上。」

「那時候海鵝們都上棲了。」

「嗯，牠們停在炮樹上或更低的草叢上，牠們有的雙雙對對，怪親密噢。」

「阿明。」

「嗯。」

「我也有一件事情不敢跟別人講。」

「什麼事情？」

「你會生氣嗎？」

「我生氣幹嘛？」

「那麼我們勾勾手指，保證不生氣！」她眞的去勾勾他的手指，他莫名其妙的笑了，好動人動人的笑容。她說了，她是眞心那麼想：

「我喜歡你，阿明，我認識很多男孩子，但最喜歡你，我恨不得晚生幾年，能夠跟你廝守在一起！」

眼眶湧滿了淚珠，站起來，跑開了，不是阿明，是繡雲自己，因爲那是她跟她的養兄送作堆的日子，她不愛養兄，但有什麼辦法呢？

六

她的身畔有個養兄，但黃昏時分或週末假日，她仍常常到這裏來等候阿明。阿明由初中而高中，功課越來越忙了，有時候她要等到月亮出來，才能看見阿明的影子，從公路局車站到這裏還有一段路，他看見她，有時候就默默的坐了下去了，就在那有黑黑的影子的炮樹下。

海浪在閃耀，閃著金色的光耀。月亮被撕碎了，變成一片片一粒粒的金屬，被送過來又被推回去。

涼風習習。

「看到這樣的景色，」阿明幽幽的說：「我還會想到那個漂流的日子。」

「我也會想到以前的日子，」繡雲說：「那時候我覺得一切都是很美很美的，就像此刻，我以爲會永遠存在，但美的靜的卻是片刻的，一會兒我就得回到他的身畔，忍受暴虐。」

「既然結了婚，就得愛他！」他非常冷靜，帶著些微疲憊的語氣說：「那也就是妳的命運，妳的命裏該屬於他，不然的話妳怎麼會做了他的童養媳，很多童養媳逃走了，去跟別人結婚，妳卻留在這裏等著他們來送作堆。」

「我以爲我能夠獲得你，我在等著你長大。」

「我可從沒有想到過這樣的問題。噢，我得回去了，明天有月考，我得溫習溫習功課。」

「看來你是越離越遠了。」

「我不是還住在這裏嗎？」

一點兒不錯，阿明還在這裏，儘管他已由高中而大學，但他依舊過著早出晚歸的學生生活。

離開的倒是她自己。

是她離開了她的養兄。

那是必然的結果，因爲她不喜歡養兄，不願意時時就範，三次有兩次，她拒絕跟他要好，他動武了，她往往被打得遍體鱗傷。

「妳不要我，讓我討個別的！」她的養兄吼叫。

「你要討就去討，不要嚕嘛！」她一點不示弱。

「妳願意跟別人結婚？」

「那是我的自由！」

「妳竟然愛上了別人？」

「總比愛你好！」

「妳這個賤貨！」

「你這個沒出息的男人！」

有一天，她被一個陌生男人帶出來了，她帶著個小小的包袱欣然的跟着去，到哪裏？她沒有問也不去關心，反正在臺灣，不會是印度或非洲。

「是妳自己願意來的，妳得規矩一點！」那個左頰上有疤痕的粗漢說，朝她古怪的笑。

「我是自願來的，」她毫不懊悔的回答他：「跟任何一個男人，我覺得都比他強！」

「其實這裏的工作也很輕鬆，」他指指週圍的那幾個女人：「妳看她們，不都是年輕美麗，精神煥發嗎？」

有一個女人只穿着內衣，正攬鏡自照，把臉龐塗得紅紅綠綠的，另一個女人則叼著支煙，哼着歌仔戲的調子，還有一個簡直是小孩子，看來只有十三四歲，胸脯都還很平坦，繡雲不曉得她爲什麼也在這裏，然後有個客人來了，手指一點，原來就是那個女孩子，她欣然的迎接過去，帶著那個男人到後面的房子去了。

繡雲有些吃驚了，她原以爲養兄會替她找個另外男人，但看來這裏是無法安靜的服侍特定的一個男人了，這裏竟然是公開的淫窟。

稍事休息，那左頰上有疤痕的男人就把她邀到另外一個房間去，就在這裏他貪婪的要她，好久好久，他把她放開了，他要到她前面的房間去打招呼，於是，另一個男人出現了，又一個男人……。

她有時候也會靜靜的想自己是不是天生的賤貨，該過這樣的日子的？那艘船，她帶著多麼大的祝福去，結果她卻變成賤貨了，阿明父子因此悶悶不樂，後來悲劇終於發生了，他們丟掉了那艘船。

還有那個不知名的少年，就在炮樹下毫無理由的要去了她的身體的。她不曾憎恨他，他像一隻蜜蜂，螫得好狠，但不曾遺留過疤痕，只有癢癢的感覺。

無論如何，她還算是個膽大心細的女人，她竟然逃離了那個罪惡的淵藪，跑到一家餐館去當服務生。就在這裏她認識了那個年紀比她大一倍的輪機長，他的底細，她沒有摸清楚，她的事情，他也沒有弄清楚，也許只是金屋藏嬌性質吧了。他們有個家，樓下百貨店的阿巴桑是她的伴侶，但也是她的看管人，她不至於愚蠢到連這一點都不明白。鹹鹹的帶著魚腥味的風。

整個街道充滿著這樣的空氣。

她一直有股潛在的衝動，想擺脫掉阿巴桑和秋蓮那些女孩子，她們戴著和善的假面具，其實用陰險的目光看守著她的一舉一動，今天她總算像個淘氣孩子那樣的逃離了管制圈了。

說多好就有多好的這種空氣和這個街道。她已經有好幾個月沒能回來了，儘管她一直住在不算太遠的更大更大的城市裏。

有一段期間，她根本無法回到這裏來，她不僅失去了那樣的自由，也失去了那樣的尊嚴，因爲她只是個零售肉體的女人，如今她也可以算是同類的女人，那裏沒有愛情只有約束，但她不再拋頭露面零售了。

她走了一段路，看看就在路旁的魚市場和小漁港。她的心房在猛跳著，像個純潔的少女。

太陽西斜了，偌大的河口染上了一片金色，有微微的波，有幾艘歸舟徐緩漂近。

這也該是阿明回家的時間。

阿明也許不會理睬她，但看一眼，講幾句話，夠了。噢，如今阿明也大了，說不定對於異性會感到很大興趣，那麼也許有更羅曼蒂克的相聚時刻。

她望見那長滿炮樹的海濱，這裏已經不再是河口而是完全的大海了，也是那麼美，那麼和平的海。

她又走到那棵熟悉的炮樹下。微風吹來，炮樹的葉子颯颯作響，這是夏末初秋天氣，結了一樹的炮樹花，由黃而紅而紫，然後掉下來了，鋪滿了一地。

不要碰見養兄才好，他不僅摧殘了她的肉體，也是個嗜血鬼呢，他會貪不厭足的抽乾她的所有，不過，不要怕他，我該理直氣壯的對付他才對。

一聲乾咳，急促的沉重脚步聲，一個形容枯槁的男人從炮樹叢出現。「阿明！」她心裏騷動了一陣，但那不可能是阿明，阿明不該是那種邋遢樣子。但眞像，他雖然形容枯槁，卻眞像阿明。嗯，她想起來了，他是阿明的哥哥，叫阿雷的，丟了那艘船，他的神經失常了，聽說已不能出海作業，整天東遊西蕩的。

眞不湊巧，剛好碰到他。

她躲到樹背後。從這裏可以遙望她跟一個不知名的少年有段故事的海灘。那裏也種滿了炮樹。

脚步聲愈來愈近，她的心房跳動得厲害，難道他是有事到這邊？

「繡雲！」他站在她前面，伸出了粗糙的兩隻巴掌：「還給我！趕快還給我！是妳使我們丟掉的！」

她的血液都快凝結了，一道冷氣迅速通過了她的脊髓骨。她徐緩站起，抖顫着聲音問他：

「還給你什麼，我曾欠你的錢？」

「船！」他怒吼，把他的巴掌放在她的脖子上：「妳欠我們一條船！船是我們的生命！妳奪走了我們的生命！」

他加緊了他的握力，她掙扎，但毫不濟於事，她不能呼吸了，更不能喊叫了，她癱瘓的坐回到炮樹下。

滿天的火星。她彷彿看到阿明的清秀的眼睛，但那不可能是阿明的，因爲這雙眼睛蓄滿了仇恨。

——本篇原載於《中國時報》副刊，一九七〇年十一月十六、十七、十八日出版。

春之聲

一

「聽說，我那幅春之聲，買者就是妳！」

「嗯，是的。」

「妳爲什麼要那樣做？當時不是言明了嗎？畫好了，我要跟其他的畫公開展覽？」

「你不是公開標價了嗎？」

「但我不願賣給妳自己，妳要，我們講好了條件，我不妨也另外畫一幅給妳，畫的是妳自己，妳出賣美，爲什麼又要出更高的代價把它買回來？」

「難道，你標價的時候，寫明了，不賣給畫裏的模特兒？」

「沒有，我當然沒有！」

凱風失望的掏出煙，劃了根火柴，蹙著眉頭抽了起來。他在凝視著她，像那些天，對着畫布跟她，大約十天左右，他就是那樣凝視著她，想把她的所有，不僅是外在的，還包含了內在看不見的，也都要塗牢在畫布上，辛辛苦苦的工作。她疲倦了，可是不敢把倦容露出來，微笑著，就跟他說的那樣，像個輕歌妙舞在春天花園裏的充滿歡樂的少女。

她穿著迷你裝。

頭髮柔細而黑亮，有一部份披在肩膀上或胸脯上。

她保持著微笑，他說她的微笑可與莫娜麗沙媲美。

後面有樹木，有花朵，也有陰黯的地方，但總括的說來，顏色是明亮的，像塞尙的畫，那裏充滿了陽光跟嫩綠的顏色。

「我要妳活在春天的花園裏。」凱風說，凱風是充滿希望。她知道的，雇一個模特兒，在他是相當沉重的負擔，他希望他一舉成名，但藝術的世界像浩瀚的大海，波濤洶湧，使渡航者吃盡了苦頭，大部份的人落伍了，溺斃了，無聲無息地離開那裏。

那對繡雲說來是陌生的世界，完全陌生的世界，有一天，阿來興奮的跟她說：

「我今天碰到了當兵時代的朋友。」

「他是做什麼的？」繡雲不怎麼感興趣，敷衍著。

「中學的老師。」

「他把你訓斥一頓？」

「哪裏，嗯，他是個畫家吶，他說他活在平凡的世界，但他得不斷找出靈感，把它活現並永存在畫布上面。」

「你懂嗎？我可不懂。」

「其實我也不懂，總之，凱風是畫畫的，在藝術圈裏，他小有名氣。」

「你興沖沖的跟我說這些幹嘛？」

「他說他正在物色著個模特兒，我就提到妳。」

「我只讓人照過像。」

「一樣的，反正他們懂得妳的美。」

繡雲在換衣服，他的視線在追逐着她。他已經「失踪」一個禮拜了，她知道他要什麼，一點兒沒錯，他撲了過來，他貪婪的要著她。

「我有點不忍心要妳裸著給別的男人欣賞妳。」

「那本來是你的意思。你不願意，我就到工廠去當女工。」

「哦，不不，妳還是去，當女工賺得了幾多錢？」

「我賺了，還不是給你亂花了？」

「我不是亂花，是事業，男人嘛，總得混混。」

「你愛的只是我賺的錢。」

「不不，我是眞愛着妳！」

他把嘴巴壓過來，然後疲倦的離開她。她想看看他的表情，但他已輕輕的打起鼾聲來了。

二

繡雲眞不曉得爲什麼會碰到像阿來那樣的男孩子。

「奇怪，」凱風丟掉畫筆，廢然的自言自語：「妳那麼美，那樣純眞，爲什麼死跟着他？」

「不也是你的朋友嗎？」繡雲苦笑着反問他。

「朋友？談不上！我們只是認識。」

「在金門前線？」

「嗯。」

「你是受過高等教育的人，對那樣一個吊兒郎當的青年也會感到興趣？」

「我們只是同一個連。那天，共軍的砲火響了，那麼突然的。有一輛卡車，往這邊衝過來，衝得好快，砲彈在卡車週圍爆炸，我們眞擔心駕駛員跟車子會一下子中彈粉碎，我們都罵他傻瓜，不丟掉車子躲避，但他居然把車子開回來了，人車安全。」

「你看見一張陌生的臉？」

「我不知道怎麼告訴妳，但我的一幅凱旋圖，就在那刹那完成了，就是那一幅，他正在打開卡車的門，那個表情，妳覺得我畫得如何？」

「有些沮喪。」

「哈哈，正是那樣的，他不是歡天喜地，是沮喪，帶着幾分驕傲，他知道他那樣做，免不了長官的挨罵，但保全卡車要緊，於是他猛踩油門。」

「大家罵他是個傻瓜？」

「當時的確如此，但後來他獲得了一張獎狀。」

「於是他使你永難忘懷。」

「我已經把他塗牢在畫布上。嗯，妳呢？」

「我在小溪裏撈魚，撈不到，有一個男孩子挨近來，他竟然把那尾鯰魚給撈上來了。」

「於是你們相識了，他請妳去看電影，請妳去吃宵夜，慢慢兒的，你們談情說愛起來了？」

「不，就在那小溪畔，他告訴我他很有錢，很有辦法，什麼都能做，做得很棒，比方騎摩托車，開汽車、玩照相機、印刷機，噢，還有很多很多玩藝兒，那天他騎的就是一輛一百五十西西的嶄新的摩托車，還戴着墨鏡。」

「於是妳告訴他妳是做什麼的？」

「我告訴他我在一家茶室當女侍。我希望人家多捧捧場。」

「他告訴妳，他會替妳介紹一項很高貴的職業，收入很好？」

「不，最後他說他有一張五萬元的支票明天到期了，但是今天他得到姑媽那裏拜訪拜訪。他說他的姑媽最有錢，姑丈是幾家公司的老闆，到他們那裏不能夠太寒酸，反正羊毛出在羊身上，送去的會加倍還本。」

「借錢？他一下子跟妳借錢！」

「他說他不能顯得太寒酸。」

「於是妳就借給了他？」

「不算多，我身邊只帶了兩百幾塊，我抽了兩張大鈔給他。」

「天哪！」

「他說他明天傍晚就會捧著四百塊到我的茶室來。」

「他來了沒有？」

「沒有，隔了好幾天才看見他。」

「這樣還好，總算把錢送來了，我最恨那些言而無信的人。」

「他說他已經把四百塊錢帶來了，我最恨那些言而無信的人，他也這樣跟我說，然後他問我要不要把四百塊錢一下子收了回去，我說我為什麼不？」

「為什麼不？當然！」

「他說他剛好需要六百塊錢，沒有那六百塊錢，他的事業就要垮了，摩托車就得當掉了。」

「眞豈有此理，為了六百塊錢去當掉一百五十西西的摩托車！」

「是嘛，我說你何必，當掉摩托車損失何止六百塊？我這裏有兩百塊，你再拿去，你要還給我就是。」

「他說當然，明天會加倍送還給妳！」

「嗯。」

「其實他以前不是這樣，的確，他常常跟伙伴們借錢，到那有職業女人的地方，他的錢花得好痛快，口袋裏經常空空的，他說花在女人身上的錢，越慷慨，越有加倍還本的可能，反正軍隊裏沒有錢也不至挨餓，錢花光了，就等着下一期的發餉日子。他跟伙伴們借錢，倒是如期的還淸了，他寧願去撿彈殼，做小差事，或再去東挪西借，奇怪的是，他的臉上看不出一點煩惱，經常笑嘻嘻的，看來很樂觀，而且有無限的精力……。

我有點喜歡他那個樣子，常常三十、五十的濟急。大伙兒都是吃同一鍋飯打仗的，又有什麼要緊呢？」

三

凱風喜歡把油彩塗滿在畫布上。

那夜，他遲到了，他們是約好了在八點見面的，一直畫到九點結束，他遲到，畫畫的時間就少了，她照樣可在九點時候回自己的家。

他喝醉了，她沒看過他喝酒。當然，他們才相見幾天，她也無從獲悉他的一切。

阿來倒是常常喝醉的，阿來喝醉的時候繡雲就遭殃，有一次，繡雲被打昏了，好幾十分鐘後才幽幽清醒過來。

凱風喝醉，跟阿來喝醉全不相同，當然，繡雲又不是屬於他的，他也無可奈何，凱風只是買了她一個小時的美，且僅僅十天，凱風說他想完成一幅春之聲。

「什麼叫做春之聲？」她問他。

「反正就是這幅裸體畫，名字是隨便按按的，畫裏的少女，當然得充滿青春氣息。」

凱風抽著短煙斗。一頂圓型的帽子壓著他毫無油氣的頭髮，作業服是髒兮兮的，沾上了不少油彩。

他凝視著她的身體，是阿來把她帶了來的，她不認識凱風，凱風也不認識她，她跟凱風只輕輕的點了點頭，凱風就跟阿來說：

「這就是前幾天你說的那個少女？」

「是的，她叫繡雲。」

「她的名字叫什麼，對我是無所謂的。」

「你覺得她的外型還好嗎？」

「你不是說她當過裸體模特兒嗎？若是她願意做，先請她脫光衣服再說。」凱風的表情是冷冰冰的，她覺得他手裏握着的並不是彩筆而是一支解剖刀。

「那麼妳去做。」阿來說。

於是脫下了她的衣服。

她感到一絲悲傷。每次都是這樣的，她要脫光衣服，對著好多個好多個人，他們手持照像機，屏息凝氣著，有幾個的表情是眞摯的，但有幾個的絕不是，她知道他們裏頭有不少的冒牌藝術家，他們湊了些錢，欣賞一個小時的裸體少女吧了。他們的目光烱烱，嘴邊卻漾著笑意，如果條件好了，肯讓他們撫摸，他們必定爭先恐後的享受他們的感官之樂去了。

——我不懂藝術——她告訴她自己：——阿來也不會懂，阿來需要的是錢，而我所

需要的只是聽命於阿來。你看見過舞臺上面玩蛇者手頭上的錦蛇嗎？我就是那條錦蛇

錦蛇美嗎？她不曉得。世界上往往就是這樣的，美本身不會懂得她的美。美是別人的觀感，錦蛇怎麼會懂得牠的美呢？

她不是錦蛇，但是脫光衣服的自己，眞像錦蛇，她的身上散發著妖艷的光芒，那就是所謂的藝術家們所追求的美了。她扭動著她的軀體，一會兒抑鬱寡歡狀，一會兒咪咪微笑著，他們游移著，從前面、後面、側面，鎂光燈卡察卡察閃個不停……

有少數女人幹這一行工作，而她就是其中一個。

但她自己不是藝術家，絕不是。

第一天，她猶豫了，就在那高檯上，她怎麼也不敢脫她的衣服，她在想着她是不是該逃離這裏？或者當著那些手持卡麥拉的衆人面前宣佈說她不是情願的，是這個卑鄙的男人逼她這麼做的，然後把他們湊出來的鈔票拋擲過去。但是她沒有那麼做，她忍耐住了，因爲她瞥見他憤怒的視線，她知道過後她又會有什麼樣的報應，她哆嗦一陣，先把內褲扯了下來。

她看見阿來在鬆一口氣。

「我知道妳會成一個很傑出的模特兒。」阿來笑嘻嘻的告訴她：「並不是每個女人

都幹得了這一行的，我認識那麼多的女人，每天載在摩托車後座，但她們都不成，除非用另一種方式去賺取她們的鈔票。」

「你都看見過她們的身體？」她小聲小聲的問他。

「我怎麼沒看見過？」他得意洋洋的告訴她：「她們都是賤貨，見錢眼開，我嘛，是這裏的老大嘛，我說要，她們才不敢哼一聲吶！」

「你既然有那麼多女人，爲什麼還要抓著我不放？」

「那是……因爲……我愛妳！」他嘻皮笑臉的伸出他的手托起了她的下巴，她知道的，她得乖乖讓他玩弄，否則的話又有的是好看的。

凱風跟阿來可不同，也活在完全不同的世界裏，但他們卻奇妙的連結在一起了，在軍隊，然後又在這被稱爲藝術的世界裏。

凱風的臉眞紅，他是個藝術家，藝術家是多情的，多情的人喝了酒，臉會更紅更紅。

「只剩下二十來分鐘了，我們該照常工作嗎？」繡雲一邊兒問，一邊兒脫起她的衣服。她在想，我準備起來很簡單，你呢，只怕要花更多更多的時間了，你得換上工作服，還要調調你的油彩，而通常，你都是準備停當，或已經在開始畫了，我之來，也不過是增加你的靈感而已。

「工作、嗯，當然！」他搖搖擺擺的去揭開他畫架上的罩布，然後拿起畫筆，蘸了油彩，隨心所欲的塗抹起來，他塗抹得眞快，搖頭晃腦的，他一邊塗一邊說：「我是個頂頂大名的畫家呢，畫家，哈，畫家是要畫畫兒的，嗯，當然，畫家不去畫畫，能做什麼呢？畫筆又戳不死人，難道要我拿着這根畫筆去殺人或切腹，嗯……」

「你喝醉了，」繡雲提醒他：「今天的時間也快到了，明天我再來補償你的損失！」

「明天是明天，」凱風說，仍舊繼續他的塗抹：「時間到，妳才能走，到九點，嗯，到九點，妳的時間是賣給了我的！」

「你別畫壞你的畫，我明天算是自願的，好嗎，請收拾你的畫筆。」

「我想畫一幅失戀人畫的畫，妳願意看看嗎？快好了，嗯，眞快，馬上就會好了！」話都還沒講完，他踉蹌跌倒了，把畫壓在身體下面。

她沒有理睬他，自顧自的穿起她的衣服。九點了，她得回去，她沒回去，只怕應付不了阿來的囉嗦。

她放不下心，第二天清晨又來了，那張裸體畫被撕碎了，丟在地面上。她沒找到他，就在後面樹林下轉了一圈。那是春天，晨曦柔和、透過巨大的樹木、洒下斑駁的影子。流著溫泉的溪流依舊在冒著煙，徐緩的流下去，流下去。

四週無人。還太早。她唱歌，也不覺的手舞足蹈了起來。

忽然，她聽見聲音，是他，凱風。

「妳知道嗎?妳早上帶來了新的一幅畫,眞正的春之聲!」

「可是,你已經把它撕掉了,多麼可惜,你已經畫了好多天!」

「妳說那一幅?噢,我不是指的它,是現在,就在這森林下面。」

「你要我脫光衣服嗎?」

「噢,不,當然不能那樣做,嗯,妳就站在那裏!」

他把畫架架了起來,揮動他的彩筆,陽光從她斜肩上射入,也許是霧,也許是溫泉氣,陽光和森林是朦朧的,四週很幽靜,這溫泉的街是屬於夜的,淸晨的溫泉的街還在酣睡中。

四

這裏離海濱不算遠,前面的寬寬的河就是跟海連結著的,有時候海水漫上來,河就覺得更寬更深。

「到海濱玩玩。」阿來說,掛上了他的墨鏡。

「坐在你的摩托車後面?」繡雲半信半疑。阿來說過好幾次,說要帶她到橫貫公路玩,墾丁公園玩,或者澎湖玩,說得越遠,實現的機會就越渺茫,她已經不敢相信他的半句話了。

「當然囉，難道妳要我僱一輛計程車給妳坐不成？」他拍拍他的摩托車後座。摩托車是他的生命，擦得倒還乾淨的。

「你不做生意？」

「白天沒有什麼生意，夜裏的客人才很多很多。」那是非常特殊的生意，那些大旅社都建在曲曲折折的山路旁邊，有計程車好坐，但有些人寧願坐在摩托車後面，一發動，要不了幾分鐘就到達目的地了。

稍事打扮，繡雲也掛上了墨鏡，把手繞到他的肚腹上面。

「我坐你的摩托車，說不定有人會認爲我也是那種女郎。」繡雲打趣的說。

「妳是的，」阿來毫不介意的說：「只是妳的賺錢方法不同吧了，一樣是出賣妳的美。」

「我是爲了你。」

「當然，沒有一個女郎是爲了她自已。」路不算很寬，很好，還過得去就是。車子在疾馳著，那麼平穩的，毫不費力的繼續奔馳。

紅色的頭巾在閃動，在發著幽微的聲響。

「你平常騎車子不會騎得這麼快吧？」繡雲問他，把嘴巴湊近他的耳朵。

「那些女郎都喜歡我騎得這麼快。」他頭也不回的告訴她：「騎得快，有時候可以避免車禍。」

「我沒聽說過這種道理。這裏的路好彎好窄呢。」

「還不是一樣，我熟了，閉著眼睛也可以騎車子。」

那有漁港的古城很特殊，街都是建在山坡上的，街道好窄好窄，摩托車在這裏是最好最好的工具了，他把速度放緩，但從那小街道來說，依舊過快，把小孩和聊天的婦人嚇獃了，阿來只是傻笑不已。

就在那寬闊的山峯上，阿來把車子停了下來，那裏可以望見海，可以望見河，可以望見街和建在對面山峯上的學校。附近長滿了小小的野花，很美很美，坐在那裏，他摟着她，把一朵一朵的花揷在她的髮間或衣襟上。

「妳想我還能爲妳做些什麼？」他問她。

「沒有。」她倚偎在他的懷裏。

「我想跟妳結婚，妳肯不肯？」

「只要你向我求婚。」

「有一天，我會這麼做。嗯，妳想像過嗎，在妳的生命裏會有阿來以外的第二個男人？」

「沒有。」

「眞的嗎?哈哈!」

他把嘴湊近來，她怕被人看見，推開了，他也沒有勉強她。

五

但是阿來好殘忍，當他知道她的肚子裏懷著一塊肉的時候。

「妳不能要他。」他毫不加思索的告訴她。

「但是，我們遲早不是需要他們嗎?」繡雲不知所措。

「那是以後的事情。」

「我們何不趁此機會結婚?」

「那怎麼可能!」

那些日子，她依舊在那茶室裏上班，有時候當模特兒，收入還不算頂壞，但阿來總是說她應該可以多賺些錢，比方舞廳或臺北市的日式餐廳那類地方，他說那樣的地方才是眞正高貴的地方。

那張黑色的冰冷的床，她永遠都不會忘記。她不曉得那是不是眞的醫生和護士?反正他們穿着白色的工作服，還戴上白色的口罩，他們的表情跟那張病床一樣，冷酷而呆板。

雙腿給固定住了，打了幾針，下腹麻痺了，仍然感到冰冷的手帶著足夠的肥皀泡沫伸進了她的身體裏面。

「妳好清瘦。」過幾天，凱風到達她的茶室裏。她的臉好蒼白好蒼白，好在燈光黯澹，凱風似乎只看出了她的削瘦。

「是嗎？嗯，你要什麼？」她苦笑着，把話岔開。

「一杯咖啡，熱的，噢噢，不是一杯，是兩杯。」

調好了咖啡，他要她坐在他的面前。

「你不是另外有個朋友要來嗎？」她笨拙的問他。

「就是妳，」他幽幽的笑，然後他告訴她：「我也許不該到這裏來找妳。」

「爲什麼？我這裏是賣飲料的地方，你是不是說你是老師，才不該到這裏？」

「噢噢，不，就因爲……妳已經有了阿來……」

她嗤嗤笑了起來，說：「假如全天下的男人都跟你一樣，害怕阿來，不敢來找我，那麼這間茶室不是早關門大吉了嗎？我不就失業了嗎？呵呵！」

「我不是那種意思。」他暴躁的把方糖都丟了進去，拼命的攪拌，然後一口氣喝了半杯：「我不是那種意思。」他又說。

「那麼，是什麼意思？」

「他應該把妳珍藏在家裏，倘若他眞愛著妳。」

「但是他是眞愛著我，我感覺得出。」

「他不該讓妳拋頭露面，出賣妳的美。」

「你認爲這是卑賤的工作？而你才毀掉了那幅快畫好的裸體畫？」

「我當然不是！我怎麼可能是呢？」他聳了聳肩。

好久好久他沒有說話，凝視著那剩下的咖啡。

她小聲小聲的問他：「你要開畫展了？」

「嗯。」他無精打彩的。

「祝你成功！」

「嗯。」

「阿來眞想看到你畫的那幅春之聲。」

「哦，他還沒看過！」

「沒有，至少，開畫展的時候他會去。」

「也許他只是說說罷了，心底，他不會眞的關心那幅畫。」

「他是眞關心那幅畫。」

「這倒是奇蹟。」

「是眞的，他說我的裸體畫，他看多了，沒什麼稀奇，但一幅穿著便裝的畫，他從沒有看過。」

「也許妳說得對，他在關心那幅畫。」

凱風要開畫展，就在臺北市，阿來說希望能在畫展前看到那幅畫，不知忙些什麼，他沒有看成，畫展終於揭幕了，阿來又嚷著要抽空跑一趟，一直也未能成行，然後可怕的事故發生了，他的摩托車跟大卡車相撞，摩托車破碎了，他自己腦袋迸裂，當場死亡，永遠永遠的離開這個世界。

凱風的春之聲，奇跡似的，由一個陌生人購去，但沒多久，凱風也曉得了那位完全外行的購者，原來是繡雲支使的。

阿來的告別式正在進行，多麼寒酸的告別式。

凱風吃驚了，繡雲捧著春之聲。

「妳想怎麼樣？」凱風著了慌：「難道，妳……」

「我要把它送給他。」

「妳瘋了嗎？」凱風差一點叫了起來，但他嚥下了那句話：「妳也許對的，他需要它來陪伴他！」

他看見她哀傷的面容上漾出了一絲微笑，他在想阿來多幸福，不過，同時，凱風的另一幅畫，就在那剎那完成了。

——本篇原載於《中國時報》副刊，一九七一年元月十六、十七日出版。

蛇果

一

阿玉聚精會神的做著她的工作，這不是首次，已經有過好多次經驗了，她不應該這麼駭怕，但她依舊那樣駭怕，駭怕那個頑強的東西會掙脫開她的掌握，把銳利的牙齒撲向她的手臂甚至身上任何部份。

我必須這樣做！阿玉告訴自己，駭怕是無濟於事的，自從阿河離開她，她就孤零零的，阿河那時說是要到外面賺錢，山裏的日子眞難挨，沒什麼活可做，爲了賺錢嘛，到外面去一段時間也不錯，儘管那段時間對阿玉說來是夠難挨的，但那有限的日子，她應該挨，然後，在預定的日子裏阿河回來了，兩個人又可以過快快樂樂的日子，想到那即將來臨的快快樂樂的日子，阿玉只好咬緊牙關挨過去。

阿河要下山，阿玉是送他到山下去的，他們的家到山下的小城鎮需要好幾個小時的路程，下了山來，除非有夥伴或特別的需要，打著火把，否則的話就無法再回到山上去，體力實在也吃不消，因此他們就在那個小城鎮的一家小旅舍裏同住了一宵。

多甜美多甜美的一宵。

那裏有許多的梅樹，還有一所種滿了梅樹的公園。

小城鎮的人們都是做著有關山產的活兒：捲竹葉、鹵竹筍、採檳榔、晒梅乾、集草藥，等等等等不勝枚舉。

嚦嚦囉囉的聲響，他們探頭去看，原來是造紙寮，有兩三副巨大的石輪仔，使用電力轉動着，粗碾、細碾，把浸過石灰的竹片碾成細柔的纖維，最後變成了一長張一長張黃色的紙張，女工們把那些紙張在附近地上一張張的攤開，晒乾。

「嘻，他們的是電動的，電動的會比牛拉的好嗎？」

阿玉知道造紙的道理，山裏也有幾家造紙寮，造紙寮不可缺少的便是兩塊巨大的石輪仔，那個石輪仔就是用牛去拉動的，浸過石灰的竹片被剁成一尺來長，放在圓型的槽溝裏，石輪仔轉動，槽溝裏的竹片就愈來愈細柔了，到了預定的細柔度才移到壓榨房去壓成紙型。

阿玉覺得電動的石輪仔沒有牛拉的方便，單個大輪子，發出嚦嚦古怪的響聲，好像隨時都會分解開來，而那巨大的石輪仔會毫不受控制的奔向各方，把附近剎竹的或做其他工作的工人給軋成肉醬。

「當然是電動的好噢！」阿河斬釘截鐵的告訴她：「有電氣，不必養牛，電不會疲倦，不需要休息，牛要休息，要痾屎，還要吃草，多麻煩啊。」

「我覺得牛拉的才好吶，」阿玉故意這麼說說：「牛慢吞吞的拉，趕的人可以哼山歌哩，碾得也比較均勻。」

「慢吞吞的，那怎麼行啊，人家要算成本吶，成本太貴是不行的，嗯，趕牛得養牛：還得多雇一個人哩！」阿河說。

阿河並沒有責備阿玉的意思，但阿玉聽來，阿河的口氣含著刺，有意無意的在刺著她，使得她的心裏或皮膚到處在隱隱作痛。

夜裏，小城鎮充滿燈光，充滿歡笑，也有一家電影院正在上演一部影片，她看電影已經是幾年前的事了，有電影好看，既新奇又好玩。

她緊緊的倚偎在阿河的身旁，看電影或蹓躂。

夜裏他們就在那小旅舍歇宿，像新婚之夜那樣興奮而快樂，不過阿河似有些心不在焉，他嘀咕着，說她根本不必送到這麼遠的地方來，浪費了一夜的旅館費和看電影等，同時如果她沒有跟着來，他自己可以利用黃昏以後的時間到更遠的地方去。

「火車是整夜開的。」阿河說。

「夜裏人家要睡覺啊，開給誰坐呢？」阿玉攤開手，像個淘氣孩子在爲難老師。

阿河不耐煩的抽出一支烟點燃，噴出幾個煙圈，這才回答她：「哼，每班車都坐得滿滿哦。」

統而言之，對阿玉說來，那是無比快樂的一天，第二天，她獨個兒拖着疲乏的腿，回到這深山中的老家來。

眞沒想到那也就是她跟阿河的最後一次見面了，阿河沒再回來過，儘管阿河剛下山的那幾個月偶而寄回一些錢來，但以後可愈來愈疏了，連一封信都不寄回，她在等待著，等待著，就在無數的等待的日子裏浪費著她的青春，然後有一天她聽到阿河的決定性的消息——阿河在外面姘上了個女人，這消息把她推到絕望的深崖裏邊去。

於是她試圖栽種那棵菓樹，那棵菓樹倒是很正常的，不平常的是她的「肥料」，每隔一段時間她都要活捉那個頑強的可怕玩意兒，希望牠的可怕特質會轉移到那棵植物上面。

菓樹開起花來，她把其他的花朵都摘掉，只留下幾朵花，於是兩只菓實形成了，那麼美麗的幾只菓實，菓實熟了，她摘下來留在屋子裏，到了春夏，菓樹又開花了，那裏又垂下了幾只菓實……

二

阿玉有一種錯覺，以爲那頑強的長長的東西的精髓不是往樹幹射出而是射進到自己身上。

菓樹不會如此就枯萎，相反的，菓樹是越來越旺盛了，葉子特別發亮，樹幹特別結實，花朵特別鮮豔芬芳，許多蜜蜂、蝴蝶被引誘過來，然後她發現了奇蹟，蜜蜂或蝴蝶像喝醉了似的從花朵掉下來了，在地上掙扎了一會兒，不再動彈了。

那是她實行那可怕而奇特的試驗的第二年，當然，那菓實如願以償的結了，她留下來，儘量留下來，再也不能留下來的時候，她才把它摘了，藏在屋子的一角，然後，實在不能再等了，她才丟在庭院的一角，那個頑皮猴仔把它撿起來吃了，沒隔多久，她眼看著牠在抽筋、打滾，四脚朝天，一命嗚呼。

她用無限懼怕的心理凝望着那一幕，她的心本來不是這麼狠的，但如今她是那樣的兇狠，沒人能阻擋她，她也不曾向任何人透露過半句。

她回憶少女時代，有一個夏天的夜晚，那個長長的東西竟然爬到她的竹榻上來了，把她嚇得暈了過去，是父親聽見了聲響趕過來看，把那長長的東西收拾了，血漬留在竹榻上，她再也不敢回到那裏去睡，就擠到父母的房子裏去，好久好久，父親把那房間粉刷過了，草蓆也換過，她才用忐忑不安的心回到那個房子裏。

「妳是山裏的小妹仔，」父親帶着微慍的口氣對她說：「妳不應該太怕牠們，這裏是牠們住的地方啊，隨時會碰到牠們。」

一點兒不錯，這裏是牠們居住的地方，牠們跟人類同住在一起，說起數目，比這裏的住民更多更多。

不要駭怕牠們跟提防是兩回事，不駭怕，但須提防，夜裏火燭是不可缺少的，身邊經常得帶一支竹桿或木棍，有些種類毫不客氣，遇人便攻襲，那就要心狠手辣的把牠除掉才行，否則後果不堪設想。

父親很能幹，但父親卻給那個傢伙奪去了性命了，那天是村裏的豐年祭，父親喝得酩酊大醉，把那個傢伙猛踩了一脚，牠攻了過來，父親並不以爲意，回到家，當母親發覺異樣的時候已經來不及了，毒氣很快循環到全身。

那彷彿也就是山裏人的命運。

什麼事情會奪去他們的性命，沒有人知曉，有時候是種長長的東西，有時候是千丈深崖，有時候是猝不及防的雷殛，有時候是看來非常美麗的陌生的花或果實，統而言之，到處有死亡在等待著他們，當他們遇見死神的時候，他們唯有毫無怨言的接受。

阿河在的時候，他們看見那個長長的東西，總是由阿河去處理，阿河不會把牠丟掉，阿河說那是最好的營養品，不要一下子打死牠，最好是活捉過來，把牠們裝在籠子裏，也可以賣到幾角錢哩，不然的話也可以把牠烤來吃。阿河喜歡喝牠們的鮮血以及吃牠們的生胆。

「妳不敢吃，所以妳一點沒有勁！」阿河埋怨她說。

他說的勁，是指夜裏的生活而言，阿玉的確也不夠勁，因爲她經常那麼慵慵然的接受他。

她記得在那有梅樹的小城鎮的夜，阿河講的似乎就是那麼一回事：「妳不會燃燒。」她不懂阿河講的是什麼意思，她覺得她那樣躺得四平八穩的，阿河應該可以滿足了，而阿河看來也眞滿足的樣子，他那樣的衝動，最後他呼嚕嚕的睡着了。

第二天清晨，他搭乘公共汽車離開了，汽車還沒有開動，他從窗戶望着她，蹙著眉嘀咕的還是那句話：「奇怪，妳就是燃燒不起來。」那也便是他的臨別贈言了，她覺得他像個嬰兒，稍稍大一點兒的嬰兒，奶汁不夠了，他還拚命的吸吮，在她的肚皮上面掙扎著，連還沒變奶的血水都要吸吮乾似的。

阿河是可愛的，儘管阿河不時的嘀咕著，但阿河是她生命裏的唯一男人，她不會厭棄他，她在計劃著，當他回來以後她要學習燃燒了，雖然她還不眞正懂得燃燒的意思。

如今，已經過好幾年好幾年了，阿河的影子，梅樹的那個小城鎮之夜，像段夢幻似的，她只朦朦朧朧的記著，但阿河，與阿河共同渡過的幾百個日夜以及那有梅樹小城鎮的夜，她永遠也不能忘懷，並相信還會重複那些故事。不應該就這樣的完結了。

但阿河沒有回來。

她的家冷冷清清的。

母親偶而的來，一開口就是阿河的事。這裏離阿河就職的城市太遠太遠，但阿河的消息仍不斷的輾轉傳了進來，可以確定的是他已經姘上了女人了。

「哼，那個不成男人的東西！」母親狠狠的詛咒著：「見一個愛一個，被狐狸精給迷住了！」

「外面的女人有錢嘛。」阿玉無可奈何的說。

「有錢!?」母親跳了起來：「她們有錢，阿河怎麼不會寄錢回來？阿河的錢還不是給她們騙光？」

「都是自己的命運，他不要我，我有什麼辦法？」

「妳就是這樣，」母親焦急的說：「嫁給他幾年了，還沒抓穩他的心！嗯，這次回來，可別再讓他下山去啦！」

母親認爲那也就是最好的馭夫術，不讓他去外面亂闖。

阿玉沒跟任何人講，甚至母親。她已種下那棵菓樹了，那是棵很平常的菓樹，會結夠大夠甜的菓實,她說的夠大是恰好夠一個人吃著玩的,不太大也不太小:,那不是梅樹,也不是李樹,若是梅或李就不能說是夠大和夠甜的了,阿玉倒是經過一番選擇的,當有一天阿河回來,光是一個人回來也吧,若是帶着那個狐狸精回來,她就要讓他們嚐嚐那幾只奇妙而外觀豔麗的菓實。

種下菓樹,不過是她的第一步驟,那本身是毫無意義的,還要看她再接再厲的輔助工作,有一天當她發現路上躺著那可怕的玩意兒,而牠的尾巴伸得長長恰到好處的時候,她使出渾身的勇氣抓緊了牠的尾巴,往後一抖,牠暫時癱瘓了,那麼輕易的就範了,於是她試圖去捏緊牠的脖子,讓牠的嘴巴張開來,牠的身軀纏住了她的左手臂,她駭怕得險些鬆掉了她捏緊脖子的大拇指及食指的力量,但她狠著心,眞的,她從沒有想過自己也會有制伏牠們的日子,那實在是可怕極了的,但她必須忍耐著,否則的話自己反會被制伏了,像父親或許多村民一樣。

她讓牠張開的嘴巴接觸那棵樹幹,牠遇物便咬,把牠銳利的牙齒刺準那柔軟的樹皮裏頭去,一秒鐘,兩秒鐘,三秒鐘……大約需要一兩分鐘。

每每她都有一種錯覺,以爲牠們的精華不是注入那無感情的菓樹去而是一秒又一秒的經自己血管注入,或者自己也變成那菓樹的一部份了,那菓樹也懷着跟自己一樣的感情在接受著那些精華,是恐怖,也是歡悅,最初恐怖的成份較多,而後來呢,歡悅多於恐怖，能多儲蓄那些精華於自己體內，她感到十分的興奮。

「吃吧，」她對自己說話似的對那菓樹說：「吃得越多越好，把它藏在肚子裏，當你結菓實的時候，你就儲蓄在那只菓實裏！」

那菓樹栽下去第三年就開花結果了，花開得很多很豔麗，也散發著誘人的芳香，她沒讓全部的花朵留下來，只留下適當的幾朵，其餘的都摘掉了，她用那些剩餘的花朵去餵雞，結果雞倒下去了，於是她笑了，阿河離開以後那幾乎是她頭一次綻出的笑容。幾只花朵，她小心翼翼的把它栽培成果。

三

大家稱爲「惡魔撒網」的日子又來臨了，那也是阿玉的奇妙的幾只菓實成熟之時。霧很濃厚，白白的霧整天整月都盤旋在這個高山區域，樹木是濕漉漉的，屋頂是濕漉漉的，連人和猿猴們都是濕漉漉的。

鼕鼕鼕…鼕鼕鼕……

遠遠的，有敲鼓的聲音。

噢，對了，「惡魔撒網」的季節，也是他們舉行「瑪雅泰嘉」的季節。所謂「瑪雅泰嘉」是男孩子的節日，就在這一連好幾天的日子裏要舉行通宵舞會、比武、狩獵比賽等等遊戲節目。

霧裏的森林下的路，傳來了沉重的脚步聲，最初什麼也看不見，隨著脚步聲挨近，慢慢兒的顯出黑影來了，那是一個人影，好像在揹著什麼，到了幾尺前面才知是烏鹿仔在揹着一隻好大的山猪，那山猪的頭臉都給打中了，淌着鮮血，流到烏鹿仔的臉上和身上。

「嗨，烏鹿仔，原來是你，我還以爲是鬼吶！」阿玉跟他搭訕。

「我去打山猪去啦，喏，一隻好大的山猪！」

烏鹿仔把山猪拋了下來，也丟下了他的獵槍，山猪的後面一隻腿遺失了，那顯然是烏鹿仔就地解剖，烤了吃掉了，那裏的肉暴露出來，紅紅的，還不斷滲著血。

在那山猪的紅紅的肉塊裏，阿玉彷彿看到了赤條條的男人和男人貪婪的慾望。

烏鹿仔喝醉了，大概在路過的農家或小店舖裏先來一番慶祝，喝得醉醺醺的，走路也搖擺不穩，但他的眼睛死死的盯著阿玉的胸脯，也盯著阿玉的腰際。

「我可以分一點猪肉嗎？」

爲了打岔烏鹿仔的視線，阿玉提出這樣的要求。

「好啊，當然，」烏鹿仔欣然應允：「我割另一隻後腿給妳，嗯，後腿肉最好吃，反正我一個人是吃不完的。」

烏鹿仔說罷就割，從腰邊拉出明晃晃的彎刀，就割下那支腿跟一大塊腿肉，重甸甸的，血淋淋的。

「喏，給妳，我說給妳就給妳，」他搖擺着身子，舌頭給酒精麻醉了，說話結結巴巴的：「嗯，阿玉啊，妳說要我的心，我也會挖給妳吶，嘻嘻！」

他提着那隻猪腿挨近她，順便把另一隻手搭在她的肩膀上，吐着濃重的酒氣，笑嘻嘻的：「阿河不要妳，難道就沒有男人要妳嗎？妳還這麼年輕漂亮，我烏鹿仔可求之不得吶！」

「你喝醉酒啦，」她想輕輕的推開他，想離開他的糾纏，沒想他的手搭得那麼緊，竟然無法就那樣擺脫他：「放開我，烏鹿仔，人家看見會笑話哩！」

「笑什麼話？」烏鹿仔瞪着像鹿一般小小圓圓的眼睛，一本正經的：「一個年輕的女人孤零零的，多麼可怕，多麼寂寞，唔咦……」

「我寂寞，阿河還不是寂寞。」說出來之後她才知道失言了，幹嘛，要提到阿河。果然，烏鹿仔嘿嘿傻笑了起來：「阿河寂寞，哈，阿河會寂寞？唔嗯，阿河才不會像妳這樣傻吶，孤孤單單一個人的，那活着還有什麼用，嘻！」

他的嘲笑聲刺中了她的心膛，使她憤怒，使她悲哀，明知阿河另有女人，但烏鹿仔的笑聲使她陷入了茫然空虛的世界。

「瑪雅泰嘉，唔咦，」烏鹿仔依舊吐着他濃重的酒氣，依舊結結巴巴的：「射獵比賽，我已經跟阿猴頭打賭了……」

「你們儘管去打賭，那是你們的節日，難道跟我也有關係？」

「我們在賭妳，嘻！」他在凝望著她，他快支持不下去了，臉龐靠近她的胸脯，由下往上望：「射獵比賽，贏的人跟妳睡覺！」

「去你的！」她把他的猪腿搶了過來，毫不留情的去毆他，他的臉頰印上了肉屑，也有斑斑的鮮血，他啊的叫了一聲，伏倒下去，就在那隻沒有後腿的死山猪身上。

烏鹿仔在掙扎着，把他的臉朝向這邊來，他的意識顯然越來越模糊了，視線朦朦朧朧的。他還在呢喃著，用不清晰的話語呢喃著：「阿河說過，嗯，他說妳像塊斷崖上的巖石，冷冰冰的，吠，一點不錯，妳是個不解風情的女人，但我要獲得妳，唔咦，有一天，我要獲得妳，獲得妳……呼呼呼。」

鼕鼕鼕鼕

看來，瑪雅泰嘉眞的快到了。

四

他好像是被這裏的鼓聲所引誘而來的，一個陌生人，蓄著短髮，臉面黧黑，眼睛炯炯發光，左臉頰有一道新的疤痕，笑起來的時候黃黃的牙齒露出來了，但他仍不失爲英俊而有個性的青年。

他在阿玉的家附近徘徊。

「阿玉，妳看，是個陌生男子。」母親提醒她。母親的聲音帶著迷惑，也帶著幾分期待。母親常是這樣的，她跟阿玉不知提起過幾打的男人的名字了，甚至是個五六十歲的鰥夫，她強調那個男人的精力充沛，抵得過一個或者數個年輕女性。

他從黑暗的充滿濕氣的森林走出來。

「也許是鄰村的人。」

阿玉淡然的回答母親。窗戶很小，像個洞，她跟母親一起擠在那前面。

「他像是要找人的樣子。」母親又小聲的說。

「也許是迷路了。」

「迷路也該到山下去迷啊，哪裏有故意到山上來迷路的。」

「也許他要找親戚朋友。」

「我出去看看。」

「不要去，媽。」

「有什麼關係？說不定是個單身漢，若是單身漢，妳就留下了他。」

「媽！」

「有什麼好害臊？阿河不要妳，他已經另外找到了女人，快快活活的，妳在家裏還跟他客氣什麼！」

「也不能亂來嘛。」

「什麼叫亂來？哪一個女人沒有男人可以好好過一生的！」

母親沒管她，搖擺著屁股走出去了，那男人像是要離開了，聽見母親的脚步聲，掉轉身來，跟媽打招呼，寒喧，然後聽見母親在欣然的叫她：

「喂，阿玉，是妳的客人，他是找妳來的！」

阿玉感到一陣震動，她懷着訝異和複雜的心情默默的走出去，仔細端詳他，兩個人的視線碰著了，像是有火花迸出來，覺得是那樣熾熱的視線。

「我就是阿玉，你是來找我的嗎？」阿玉佯裝平心靜氣的問，可是她的聲音却是帶著顫抖和興奮的。

「阿新，嗯，大家叫我阿新！」

左臉頰有新疤痕的陌生人這麼自我介紹。

「你找我有什麼事嗎？」阿玉再問他。母親把話搶過去了，用充滿自信的語氣告訴她：「他特地來找妳，當然有事情，不然，怎麼會曉得妳的名字！」

「我是有事情，」阿新漾着微笑說：「我從山下來，找到這裏實在不簡單。」

「走了幾個小時？」阿玉的心情放鬆了些。

「幾個小時？嗨，走了幾天幾夜啦哩！」

「幾天幾夜，噢，天哪！」阿玉跟她的母親不覺驚叫了起來：「難道你是用四脚爬的嗎？」

「嗯，差不多，我總是走走停停的。」

阿玉要母親把他請進屋裏，母親偷偷的撞了她一下，使了個眼色，說很忙碌，回她的家去了。

在入門口，他看見那幾只奇妙而美麗的菓實，佇足觀賞了一下：「眞美，」他吸了口氣，由衷的說：「這是常見的菓木，但這幾只菓實眞太美麗了！」

他還伸出手摸它，像要摘下來的樣子，這可使阿玉著急了，阿玉忙著阻止他：

「噢，這不是該你吃的，別碰它！」

「該誰吃的？」

「是我的丈夫。」她毫不猶豫地說。

「是妳的丈夫？」阿新吃了一驚，接著彷彿懂了一切似的點了一點頭：「哦，我明白了，妳一心等著妳的丈夫回來，好獻給心愛的丈夫吃，其他的呢？」

「其他的獻給他帶回來的女人。」

「他帶回來的女人!?哇哈哈，」阿新發出古怪的笑聲：「妳也知道他另外有個女人，哇哈哈！」

「統而言之，你別碰它就是。」

「好嘛，妳留著等他們回來吃，嗯，只怕他們辜負了妳一番美意哩！」

到屋子裏，他就在石子爐旁的一塊石頭上坐了下來，掏出短煙管就去塡塞他的煙絲，然後靜靜的抽起煙來。

「你認識阿河？」阿玉問他。

「我認識。」他簡短的回答。

「你也認識他的女人？」

「我認識。」

「他們現在在哪裏!?」

「在很遠的地方。」阿新低着頭，似乎在想着些什麼，儘管抽他的煙，把視線掉在燻黑的石爐子上面。

「那麼，」阿玉頓了一頓，這才接下去：「你來，是想告訴我什麼。」

「想認識妳。」他仍舊憂鬱的回答。

聲音。

「我又不認識你，你想認識我做什麼？」在語尾，她嗤的一聲，添加了類似嘲笑的

她正從他身旁擦身而過，他陡然站起來了，一隻手抓緊了她的手，用迅雷不及掩耳的動作，把她擁進懷裏，然後把她抱到旁邊的竹榻上面去。她在掙扎，在喊叫，只聽他說：

「我想認識她，認識那阿河的老婆，我不管阿河的老婆長得怎麼樣，我只想認識她，徹徹底底的認識她！」

在匆忙中，她又碰到他的視線，那是誠摯的，甚至帶着滿腔仇恨的，就在那熾烈的視線和強有力的擁抱中，她給烘軟了，迷迷糊糊中她記起了母親適才要離開時拋給她的神秘的眼色，也記得母親平時慫恿她的話語。她給烘軟了，烘軟了，也燃燒了，燃燒了，跟阿河從沒有這樣過，現在是個陌生的男子，但她卻燃燒了，那麼激烈的燃燒了。

五

嫠嫠嫠嫠……

嗨喲嗨喲……

左脚踢高，雙臂揚高。

屁股不住的擺動，嘴巴不停的哼唱。

圓圈在轉動，人羣在晃蕩。嘴琴咿咿唔唔的。

歌聲在山谷造成迴響，他們認爲那表示明年又是個豐收年。

有人在笑，有人故意揚高早已唱破的嗓子。嗨喲嗨喲，有人脫離圓圈了，他不是落伍而是爲了喝粟酒，喝夠粟酒後他又有無限的勁兒了，嗨喲嗨喲，還可以持續幾個小時甚至幾天幾夜。

「貓尻啊！」有人大喊，別人就跟著去喊，「貓尻啊」「貓尻啊」，山谷那邊的迴響也叫著「貓尻啊」「貓尻啊」，對了，「貓尻」可是最要緊的神吶，「瑪雅泰嘉」熱鬧，就是爲了答謝「貓尻」啊，「貓尻」雖然看不見，但祂藏在山谷裏、山頂上、巖石邊或一棵參天古木的裏邊，因祂是超人的，所以祂無處不存在，甚至存在在你的心窩裏。

爲了「貓尻」，跳啊，繼續跳啊，嗨喲嗨喲，身上的貝殼飾物發出洽洽的有韻律的聲響，鼕鼕鼕鼕，羌皮鼓，別怕敲破，敲得更重一點，更響一點，敲破了再去張。

嗨喲嗨喲，「瑪雅泰嘉」不快樂，等待何時？鼕鼕鼕鼕，嗨喲嗨喲。

「阿玉，他媽的，擺脫掉他！」

「烏鹿仔，告訴你，我不要，我要跟他跳舞！」

「那是個陌生人吶，妳竟然跟陌生人跳得那麼起勁？」

「在你們，他是陌生人，但在我，他不再是陌生人！」

「不錯，我們都不認識他！」

「他叫阿新。」

「他不會是好東西，左臉頰有新疤痕，他是個流氓！」

「他的外表也許不怎麼好看，但他的心地很善良。」

「我們看不見得。」

「管他外表不外表，他是不遠千里而來的，我得好好待他。」

「妳愛上了他？」

「我喜歡他。」

「他媽的，阿猴頭，我們晚上把那小子宰了算了。」

「烏鹿仔喲，你們敢？哼，我看你們才沒那種胆量呢，你們不怕青木巡查嗎？嗤，你們不會忘記青木巡查有一支短槍吧？」

鼕鼕鼕鼕

嗨喲嗨喲

洽洽洽洽

猝然，烏鹿仔躍身過來了，出其不意的推開阿新，把阿玉拉到不遠處的大茅草叢裏。

「我不要，烏鹿仔，我不會喜歡你的。」阿玉在掙扎。烏鹿仔可不聽話，把她扭倒草叢上面去，氣喘吁吁的說：「我跟阿猴頭打賭，射獵贏的要得到妳，我是勝利者，我要得到妳！」

「可是我不想要你！」

「我不管妳，反正我要！」

阿玉也沒有眞正抗拒，就因爲這是「瑪雅泰嘉」，在「瑪雅泰嘉」的期間，自己喜歡的都可以來這一套，草叢旁邊也另有一對男女在蠕動着。

雖然喝下了不少的粟酒，但阿玉不能夠燃燒起來，她努力，試圖燃燒，就像對待阿新的時候一樣，但她不能夠，她只是死死的躺在那裏，最後烏鹿仔失望了，他啐了一口沫，打了個哈欠，悵然的說：「阿河說得不錯，好像一塊巖石！」

六

當阿新遞給她那只菓實的時候，她差一點給嚇昏了，那只菓實，好熟悉，噢，不可能的，那是只不該吃的菓實。

「是你帶來的，從別處？」阿玉的聲音發抖，她渴盼菓實是從別處帶來的，而不是自己細心栽培的那幾只中的一只。

「嗯，」阿新漾著古怪的微笑，模稜兩可的回答她：「很甜很甜，我還沒嚐過這麼甜這麼好吃的菓實吶！」

「你已經吃下去了？你……，先吃下了一只？」阿玉大爲慌張，但願，但願那不是眞的。

「是的，」阿新不慌不忙的說：「我剛才吃了一只，這一只留給妳，嗯，最近妳越來越漂亮，越來越年輕起來了，我覺得阿河眞傻，妳這麼好，這麼美，他竟然丟下了妳，去勾引別人！妳，噢，阿玉，妳是我接觸過的最美好動人的女人！」

他伸開了他的手臂，她給摟倒了，大門沒有關，還有小小的像洞一般的窗戶，她以前不是那樣的，但現在她毫無顧忌了，也來不及了，她覺得自己像是躺在狂流裏的獨木舟上，翻騰，陷落，反覆着那些無止盡的驚險航行，然後精疲力竭了。

她伸手抓到那只美麗而據說很甜很甜的菓實。

「你是從那門口處摘的？」她明知故問，但她並不激動：「你爲什麼要吃它，我不是一再禁止你偷吃嗎？」

「反正阿河不會回來吃那菓實的，留著幹嘛？」

「你這麼確定？」

「因爲我已經把他宰掉了，跟那個女人。」

「爲什麼？」

「那個女人是我的老婆，嗯，妳沒有看見嗎，青木巡查旁邊還有一個陌生人？」

「我不認識他。」

「他是山下的刑警，他是來抓我的，橫豎我逃不掉。」

她張開大口，狠狠的咬了菓實，清脆的感觸，甜甜的味道，但在那味道裏她彷佛聞到了她曾經手的那種頑強小動物的味道。她毫不遲疑的把它嚥了下去。

——本篇原載於《中國時報》副刊，一九七〇年七月五、六日出版。

小船與笛子

我終於離開了那個村落，帶著哀傷，也帶著悲憤，我是極不願意離開的，我一直以爲此生此世該在那裏生活、捕魚、結婚、生男育女，然後是跟阿秋伯他們一樣，迎接安適的老景。

但我離開了，終於離開了，穿著幾天前特地買來的鼠灰色夾克，那曾花了我幾十塊錢，還有一條看來蠻挺的黑色長褲子，當我買回那條褲子時剛好給天賜看見了，天賜抿著嘴說：「你也買了那樣的褲子！」

「這不是一條蠻好的西裝褲嗎？」

「西裝個屁，我穿著的這一條還不是？我下海捕魚的時候就是穿這條褲子！」

我後悔了，我想去退回，但那是從市場裏的擺攤子買來的，退給鬼？

今天可派上場了，當我第一次出遠門，這一條用漿糊糊成似的褲子，至少不會使我太丟臉。

阿秋伯問過我一千個爲什麼？然後他又說過一千個應該，反正我這次的遠離家門令人撲朔迷離，却又是十分應該的，「是的，」我這樣告訴自己：「我應該離開，離得遠遠兒的！」

「阿包古，你眞的要離開嗎？我聽人說你眞的要離開啦！」那是鳳美的聲音，她低首下心，帶著懇求的意味。

我看到她就生氣，我咆哮着：「管妳屁事！」

「我是一片眞心，難道你還不能了解？」

「妳是害人精！」

「哦！」

她搗着臉，留下悽厲的嗚咽跑開了，眞是活該！

我有什麼指望呢，對於這個不見經傳的瘋寮村？哦，不，當紅蘭在的時候，我曾認爲瘋寮就是整個的世界，我再也不願意想到別的村落去，尤其那些令人心慌的大城市。

「你會一輩子獃在這裏？」紅蘭曾這樣問過我，我們倚偎在山坡上，前面是浩瀚的臺灣海峽，深藍的海上，有一波接著一波的浪濤，露出白白的牙往海岸衝，衝，日以繼夜的。

我是隻山猴仔，也是個捕漁郎，我看到海浪，會躍躍欲試，但如今我却心驚肉跳。

「我會！」我曾這樣斬釘截鐵的回答她：「春天，我種稻，夏天，我砍竹木，我還有很多時間下海捕魚。」我豎起了我的胳膊，把上膊的筋肉隆高。說眞的，我不怕勞苦，也不怕貧窮。我是屬於瘋寮的。

「只怕你……」她漾着憂鬱的眼神：「會飛走了，飛得遠遠兒的。」

「妳以為我會飛到那裏？」

「哦，你看下面的公路，有好多好多的車子，」

「都是些遊覽車，他們是去看燈塔去的。」

「你不也想想到他們來自的城市嗎？」

「那有什麼意思。」

紅蘭的工作好忙。她得撿柴、挑水、種菜，捕魚時候，她還得幫忙拉拉網，反正住在瘋寮的人沒有一日清閑。

紅蘭會吹笛子，好好玩。月夜，有時想找紅蘭談天，找不到人，卻聽見了清脆的笛聲，於是我循聲找到了她。

公路那邊是海，這邊是山，有一丁點的平地，那曾是河床，滿是石礫，河是乾涸的，只有颱風時候才會看見它怒吼，那時候海也像煞神，儘情肆虐瘋寮，瘋寮的人蓋不起大房子，除非是很堅固的房子，否則的話，就算蓋了大房子也無用。「住在瘋寮的都是瘋子」，別的村落的人都那麼說。「要講的人儘管去講」，瘋寮的人泰然自若：「我們見多了勞碌，見多了貧窮，也見多了死亡，還有什麼好怕的！」阿秋伯說完，總是露出紅紅的牙床哈哈大笑。

許多人貧病交加，許多人一去不返，也有不少人掉在深涯或葬入魚腹，但阿秋伯依然健康，依然守在瘋寮裏，他常說瘋寮以外都是不能住人的。看他那種嘻嘻哈哈的樣子，誰會懷疑他在說假話呢？

我聽到紅蘭的笛聲，我總是三步併做兩步的奔跑上去。山坡上有荆棘，有堅硬的石頭，還有可怕的毒蛇，但我還是赤脚大仙一個，一邊大叫她的名字，一邊奔跑上去。

她的笛聲不會間斷，她悠悠的吹著，我不曉得她是從那裏學來的，她會吹不少我不認識的曲子，蠻好聽蠻好聽的曲子。

「紅蘭，妳的笛子好好聽喲！」

「眞的嗎？」

「眞的！」

「我有有關笛子的故事，也蠻好聽的，你想聽嗎？」

「什麼樣的故事？」

「也是個少女的故事，也有月亮，還有……」

「還有什麼？」

「鬼！」

「哈哈，好極了！」

「那個少女叫阿蘭，嗯，反正阿蘭這個名字很普遍嘛！」

「是的是的，管她是阿蘭或是阿菊！」

於是她講下去，望著月亮，望著海洋，也望著身邊的陡峻的山坡。阿蘭很會吹笛子，紅蘭講到這裏羞赧的眨眨眼睛：「你可不要拿我跟她比嘍！她是神仙嘛，吹得當然更好聽更好聽！」

月神常常聽她吹笛子，聽得出神，有一天派一個小伙子下凡來請她上天去爲月神吹奏，她照辦了，過了幾天，月神又派小伙子護送她回來，不料小伙子看上了阿蘭，不願再回到天上去了。

「那小伙子叫什麼名字？是不是也叫阿包古？」我笑著岔開了她的話。

紅蘭撒嬌的：「唔，人家忘記了嘛，你偏偏問起我！那麼就當做阿包好了！」

「阿包跟阿蘭，哈！嗯，鬼會出現了嗎？」我撿起了一塊石頭，隨便往海上擲過去，海就在咫尺之間，但畢竟還有一段距離，加上我擲得太輕，石頭擊了個好大好緩的拋物線，掉在山脚的黑叢裏去了。

「出現嘍！」紅蘭抿着嘴的樣子頂可愛，眞想吻個痛快：「鬼是最愛妬嫉的嘛，它看見他們那樣的恩愛，就想法子破壞，有一天一隻鬼，眞把她給抓走啦，阿包立刻回到天上去求助，月神說你是犯過天條的人，我只能告訴你法子，但不能再犯條件，犯了就無救了，阿包問祂是什麼條件，月神說見到她，不能講話，更不能碰她，阿包唯唯諾諾。「中元節，野鬼遊魂全都出來，監視放鬆了，阿蘭得以溜出來。阿蘭出來的地方跟他們的家，還有一段路，夜裏普渡，滿街熱鬧，有人，也有人看不見的鬼，人們吃得酒醉飯飽，鬼們何嘗不是，個個喝得酩酊大醉。阿蘭夾在人鬼間，沒人認識她，因此她能夠緩緩的接近自己的家。阿包得了月神的指示，在街上找尋阿蘭，他終於碰見她了，他欣喜若狂，但阿蘭卻裝著毫不認識的樣子，於是他著急的大喊了一聲「阿蘭……」

「我知道了，」我說：「阿蘭又給鬼們抓回去了，他們再也不能團圓。」

「是的，」紅蘭幽怨的喟歎一聲：「阿包也不能再回到天上去了，他變成了眞正的打漁郎，偶而可以聽到阿蘭在吹笛子，在有月亮的晚上，有時是山上，有時是海上，笛聲是那樣的悽厲，他常站在山上，或船上，他想大聲喊叫，可是又怕阿蘭本來可以回來，又給鬼們抓去，所以只是痛苦的招招手。」

「啊哈，」我大聲笑了起來：「眞有趣，眞有趣，妳是從那裏聽來的？」

「我是從那個鎮上聽來的，我有個姑媽，很會講故事。」
「她在那裏做什麼？」
「賣肉粽。」
「哦。」
「她的生意很好，有很多遊覽車要在那裏休息嘛，肉粽生意眞不錯。」
「妳也想去不成？」
「我已決定去！」
我不高興她去，但又有什麼辦法呢？留在瘋寮撿柴、種葱頭、捕魚，這種生活眞糟，已糟了幾代人了，實在不能再糟下去。那個鎮不遠，坐公路局車三四十分到了，因來往的旅客必停，生意興隆，有賣吃的，也有賣土產的，肉粽不貴，二元，三元，像插翅似的賣出去，眞樂壞了那個鎮上的人。
我不高興她去，但又有什麼辦法呢？她說她可以賺一點錢，替我買一件雪白的襯衫，花花綠綠的領帶，還有走在水泥地上會喀喀作響的皮鞋。哈，白襯衫、花領帶，光潔的皮鞋，捕魚郎穿了只怕笑掉人家的牙齒吶，我不需要，我在心裏這麼嘀咕著，可一點兒用處都沒有，我既講不出口，就算講出了她也不依。
她走了，穿著平常的衣服，一兩個月後她回來，穿的是迷你裝，臉上塗脂抹粉的，

第二次回來時眼瞼上還塗了眉黛，怪難看的。不過她還好，月夜，她要我把船撐出去，就在那平靜的海灣裏，她吹笛子給我聽，那不是老曲子，而是流行歌曲，她說她姑媽那裏有電視機，可以看到好多好多的節目，也可以學到好多好多新歌曲。

她沒有替我買白襯衫、花領帶、皮鞋，而只買回來一支蠻好看的領帶夾，我苦笑笑，扔在抽屜裏。

「紅蘭到那個鎮做什麼？」鳳美有一天問我。她是這裏村長的女兒，讀了幾年書，現在在鄉公所裏做事。

「她說是賣肉粽？」我憮憮然的。

「賣肉粽？只怕不是。」

「也許還順便賣點土產首飾。」

「原來你這樣的信任她！」

「還有什麼好賣的？」

「嗤，我怎麼曉得她還有什麼好賣的，不過我聽人說她常跟旅客一同走進旅館裏，哼！」

「也許旅客要買手飾！」

「賣手飾？哼，只怕不是！」她搖搖頭走了，留下了古怪的笑聲。「這個瘋女人！」

我狠狠地詛咒她。

有一天我跟天賜一同出海，我提到了這樁事，「這有什麼可疑的，」天賜磊落的說：「賣肉粽，賣手飾，都是賺錢，只要能夠賺更多的錢，賣什麼又有什麼關係？」

「鳳美聽人說她跟旅客走進了旅館……」我失魂落魄的告訴他。

「啊哈，」天賜爽朗的笑了，他說：「這有什麼關係，不是可以賺更多錢了嗎？」

「我不是跟你開玩笑。」

「我也不是開玩笑，要是我老婆，我不會想到別的。更不會責備她，嗯，」他帶著傻笑：「年代變了，男人、女人都是一樣，誰都愛玩，偶而玩玩，尋尋開心，有何不可！」

天賜沒有講那句話，我不會生氣，就因爲他講了那句話，我生氣了，我認爲天賜在講風涼話，有意諷刺我，同時，他可能知道更多更多的事情。

我有點兒自暴自棄，大風浪的日子，我也冒險出去捕魚，眞奇怪，我撈不到小魚，卻撈到大魚，滿載而歸，有一次鏢到的竟然是一條丈多長的大鯊魚，把瘋寮的人全給搞瘋了，我成了捕魚英雄。男人們在妬嫉我，女人們在羨慕我。

阿秋伯在搖搖頭，阿秋伯沒有說什麼，但在他的眼神裏，他告訴我不該那樣，冒風浪捕魚或獨對大鯊魚，無異向死亡挑戰，可一不可再。

她總算回來了，她到我的茅寮來。

「眞難得，」我臉上漾着苦笑，在心裏我警告我自己不該這樣，應該表示由衷的歡迎，但我做不出那種表情，也講不出那種話來，我繼續著說：「妳也有空回來看我！」

「我眞想回來，阿包，」她懇求似的說：「我沒有空，旅客那麼多，生意很好，一天都不能休息，我只有心裏掛惦你，無法常常回來。」

「日本人？還是美國人？」

「大部份是中國人嘛。」

「我說的是帶妳到旅館去的。」

「帶我到旅館？哦，那些要我送肉粽什麼的……」

「去妳的肉粽！」說時遲那時快，我的巴掌已經飛出來了，她踉蹌的倒下，悽切的叫了聲阿包。

我沒有理她，逕自出去，我去找天賜他們，他們毫不猶豫的把四色牌攤到我的面前，而我看到的卻不是那些單調的色彩和字，而是一連串的影像。

有一隻粗巴掌。

在鬆著鈕扣。

抓緊了高聳的肉。

上衣不見了，是白色的內衣。

內衣也不見了，露出了胸衣。

被推倒了，勝利似的笑聲……

「阿包，你還不快去！」

那是母親的聲音，我的視線朦朦朧朧的，天賜剛才彷彿說了一句話，說我該給他八百五。我的脚底下有二個空米酒瓶，還有無數的烟蒂，他們都曉得我不該坐在那裏，或繼續玩下去，但他們都像在大海撒網，等著大魚上網。誰肯罷休呢？

「什麼事情？」我顢頇的反問母親。

「她撐船出海去了！」

「誰？」

「是紅蘭嘛！」

大家嚥了一口吐沫，互相望望。外面是好大好大的風。

我衝了出去。

我找到天賜的船，拚命划出去，海浪在阻擋我，凜冽的風從襟口灌下身體裏面去，使我忍不出打抖索。

「紅蘭！」我大聲喊叫：「妳不該出來，快快回來啊！」

「嗬！嗬！」風在回答我。

雨也下來了，像冰屑似的雨。

我彷彿聽到悽愴的笛聲，我划過去，但看到的還是黑漆漆的浪濤。

第二天，人們才看見那隻船。

那是我的船。

舢板上一支笛子。

我眞想大叫一聲紅蘭，把衝到喉嚨來的聲音給嚥回去了，她也許正在回程中，怕又給抓回去呢。

我默默的撿起了笛子……。

——本篇原載於《中華日報》副刊，一九七二年二月出版。

狗尾草

一

阿兔駭怕那個場面，但她必須緊跟著，那是阿齋叔的命令，阿齋叔的命令，她是不能反抗的。

「夭壽媽，」阿齋叔狠狠的詛咒著：「也不會從後面幫忙趕，你沒看人家拉不動牠!?」

那個畜生也許聞到了什麼，拚命的往後退，阿齋叔死命的拉緊牠的鼻繩，阿春哥跟青豹也在牠的脖子裏套上粗繩子，從左右往前拉，但是那頭強壯的傢伙卻用盡了牠四腿的力氣，不肯往前走去。

——又是一次大豐收！——

阿兔憂鬱的想。

已經持續了幾個月了，哦，不，從阿齋叔本身說來，已經幹了好幾年了，只是常換地方，而這幾個月，他們一夥竟然把他們的根據地設在阿兔的家裏附近。那裏有一片水田，有蓊鬱的樹林，也有乾涸的小河，密林跟小河是最適合幹那種勾當的地方，於是他們樂此不疲，每隔幾夜，又有了收獲了，深更半夜的回來，把事情弄得乾淨俐落，留一丁點痕迹是有的，但原物不見了，失主無可奈何，甚至任何人都無可奈何。

遠遠的狗吠聲，那表示已經有陌生人踏進了這個被稱爲擺脚村的小村落，然後狗吠聲愈來愈近。

阿兔聽慣了普通的汪汪的狗吠聲，那是一點沒什麼好駭怕的，但是有一種叫吹管子的就叫她不寒而慄了，哦——，單調的直吠聲，彷彿是鬼叫的一般。事實上阿兔不止一次的聽人說過，好好的狗會哦——的直吠，那是因爲狗看見了鬼的關係，狗一駭怕就發出那種怪聲。

無論如何那是不祥的叫聲，似乎是鐵定的，白髮蒼蒼，滿臉皺紋的阿照姑，已屆古稀之年了，但談到狗在吹管子，好像也要打一陣寒噤，然後才說：

「前幾夜，東北邊的狗在吹管子，吹得厲害，沒幾天阿油古死掉了，哼，阿油古才五十幾歲呢，實在不該這麼早死。」

昏暗的煤油燈光照耀著阿照姑滿是皺紋的臉，乍聽，阿照姑的話是平靜的，但阿照姑本身在駭怕，儘管她已屆古稀之年了，她還是用畏懼的神情諦聽著深更半夜吹管子的狗吠聲，認爲那些狗吠聲把不祥帶給某個家庭。

也不知是吹管子的狗吠聲吵醒了阿兎，還是偶然淸醒，剛好聽見那種令人不寒而慄的狗吠聲，總之，當她醒過來，聽見那麼多的狗在競相吠叫，間有幾隻在吹管子，狗吠聲愈來愈近了，近到連自己的烏毛仔都在狂吠了，然後還聽見幾個人的粗重的腳步聲，低微粗魯的談話聲以及笨重的卡、卡，蹄子踏在碎石路上的聲響。

——他們又有收獲了！——

在床上，阿兎的心房先騷動了起來，果然不錯，那些聲音到達家門前的時候，有人在踢門扇，隨即聽見帶著怒氣的低沉的喊叫聲：

「阿兎！還不快給我起來！挑著傢伙，趕快！」

阿兎不願意立刻回答，還是病倒的爸爸先醒了，用微弱的聲音轉告她：

「阿兎啊，你的阿齋叔又來了，你還不快挑傢伙去幫忙。」

接著她聽到媽媽從床上滑下來，嘰呱嘰呱拖著木屐，走到她的床前，一半哄騙，一半威脅的說：「你還不起來，等一下他發了脾氣，看妳要躲到哪裏去？」

一想到阿齋叔發脾氣，阿兎再也不敢貪戀床鋪了，阿齋叔發脾氣，眞像天崩地裂，怒吼與手脚併來，會被揍得死死的，那種滋味眞不好受。

阿兔不聲不響的爬起來，去準備她的傢伙，媽媽也幫忙她，把什麼籃子啦，耐龍袋子啦，還有大磨籃或幾支銳利的刀子跟可怕的斧頭。刀子和斧頭的柄都沾滿了洗不淨的血。

她從後面趕到了他們，阿齋叔掉轉頭來，在黑暗中似乎對她瞪了一眼。

他們的獵獲物陡然不想走了，充滿凸凹不平的下坡路，下面是乾涸的小河，再下去一點的地方有一股小泉水，形成小小的水灘，那也就是他們常作業的地方，夜裏，這裏蛇蠍麕集，白晝，這裏有無數的大蒼蠅，眞是人跡罕到的地方，何況人們逐漸風聞這裏進行著那種勾當，唯恐避之不及，哪裏還敢自惹麻煩。

好不容易才把牠拉到預定的地方，阿兔立刻繞到前面去，把放在籃底的斧頭交給阿齋叔，大家屏息凝氣著，阿齋叔把那斧頭舉到半天高，那畜生在往後退，在發出悲哀的乞求聲，好像在告訴阿齋叔我還年輕力壯，可以幹好多年的活，但阿齋叔當然無動於衷，他深吸了口氣，然後用盡力氣把斧頭對準牠的腦袋殼揮下去，牠發出噢的一聲，把牠巨大的體軀倒臥在水灘邊，結束了牠短暫的一生。

二

阿兔跟阿春哥不期而遇了，阿春哥默默的，緊鎖著眉頭，連阿兔從他身旁揮手都沒看見，心事重重的樣子。

「阿春哥，你要到那裏去？」阿兔揚高聲音。

「唔，妳叫我⁉」阿春哥楞然的，看清是阿兔，放下了心，說：「哦，原來是阿兔，妳在這裏做什麼？」

「我先問你嘛。」

「我是去找牛。」

「你的牛跑走了？」

「唔嗯，」阿春哥著了慌，支吾其詞的：「哪裏是我的牛，是青豹要的嘛！」

阿兔恍然大悟了，阿春哥在找青豹要的牛，而青豹則是替阿齋叔找活做，統而言之他們像循環的鏈條，扣得緊緊的，一絲兒也不能鬆開。

阿春哥沒爹沒娘，是由青豹帶大的，這一點阿兔倒很清楚，至於青豹跟阿齋叔呢？阿兔就不曉得了，反正他們的關係很深很密就是。

路的一邊是水田，另一邊是有那條乾涸小河的荒林，在一棵巨大的檬菓樹下，他們停了下來，坐在柔軟的草地上。

南臺灣熱烘烘的太陽也稍稍的偏西了，沒有風，在樹蔭下透透氣眞舒適。

唧，清脆的響聲，原來阿春哥隨手拔了一條狗尾草，一條小小的一尺來長的草梗上端有一二寸長的毛茸茸的穗子，眞像狗的尾巴，他無精打彩的串著那條草梗狗尾，不知不覺中竟然做好了一只有頭有尾的單脚草狗，那條尾巴活生生的，他捏緊了狗脚，就用那條活生生的尾巴出其不意的去逗弄阿兔的脖子，阿兔不覺的叫了聲唉喲，縮緊了她的脖子，還叫了聲阿春哥，你眞討厭，阿春哥的臉上這才漾出一丁點笑意來。

「嘿，做得眞像。」阿兔把狗搶了過來，細心玩賞了一會兒：「阿春哥，你的手眞靈巧啊！」

阿兔眞淘氣，她也學阿春哥用狗尾去觸摸阿春哥的脖子，可惜的是阿春哥一點不駭怕，泰然自若的拔取了另一條狗尾草，在做另一只狗。

適才的一絲兒笑容遺失了。

他的眼圈很黑，眼睛紅紅的，那顯然是夜裏睡眠不足的關係，精神顯得也十分的萎頓。但他的身體很壯，此刻，他只穿著白色短袖襯衫，上面的一只鈕扣鬆了，露出了寬厚結實的胸脯。

古銅色的臉龐跟手臂。

阿兔眞想攀緊在那種寬厚結實的胸脯，訴說她自己的故事。

「金門前線也有這種狗尾草，」阿春哥慢慢的編織著他的第二只狗，說起他自己的故事來：「那一天雙方砲戰相當厲害，敵人的砲彈不斷的在附近爆炸，也在身邊爆炸，我們的巨砲，當然是他們最恨的，因此每一顆砲彈都衝著我們的陣地飛過來，而我們為了應付敵人的攻擊也拼命的去反擊，時間拖得很久，我們都筋疲力盡，然後砲戰才停止，休息了，我們從戰壕爬了出來，就到那滿是硝烟的新砲彈坑的草原死死的躺了下來，嗯，我以爲我會死掉呢？或者已經死掉了，是那樣的疲倦，恐怖，隆隆的砲聲眞難受啊，而且已經忍受了好長的一段時間，還能夠從戰壕爬出來眞是奇蹟，我的手觸到了一根草……」阿春哥說到這裏，他躺了下去了，像大字一樣伸開了他的手臂，然後隨手拔了一根草，剛好，那也是一根狗尾草，阿春哥的臉上又漾出了一絲笑意：「妳猜，那時我隨手拔出來的是什麼草？」

「狗尾草！」阿兔胡亂說了出來。

「沒錯啊，嘿，阿兔，妳倒是蠻聰明的！」

阿春哥從下面仰望著她，害得她不由自己的紅了紅臉，拉拉她的「迷你裙」（也不過是爲了省布料，隨便裁製的花布短裙吧了！）

「你自己剛才不是提到過嘛，說金門前線也有狗尾草，嗯，若是你拔的不是狗尾草，你還提它幹什麼!?」阿兔嘟噥著嘴辯駁了一番，到底爲什麼要這樣認眞，連她自己都不明白，大概她一心想講話，講講她自己的故事。

「對了對了，在最初，我已經提到過了，哈，我好笨噢！」他握緊了拳頭，故意擂了幾下他自己的腦袋，使得阿兔嗤嗤笑了起來。

阿春哥繼續講他的故事：「我把那根草拔了起來，那草梗發出唧的聲響，嗯，我還沒摸到先端呢，若是摸到那毛茸茸的先端，不看我也曉得是狗尾草，但我疲倦得連看都不想看啊，我聽到那個唧的聲響，覺得那聲響好熟悉，等我懶洋洋的拿到眼前才知道原來是根在故鄉看慣了的狗尾草。嗯，我會用這草梗去做狗呢，我做了一條狗，把它擲到身旁跟我一樣死死躺著的伙伴，狗尾草做的狗滑落到他的脖子，癢癢的，他清醒過來了，嗯，妳猜，當他發現那是只狗尾草做的草狗，他說出的第一句話是什麼？」

「唔，又要我猜，這次你又沒有暗示，我怎麼會知道!?」阿兔撒了嬌。

「好好，妳猜不著，嗯，也許妳一輩子也猜不著，」頓了一頓，這才說：「哈，狗尾草，我還活著，像它那樣！……」

「哈哈，狗尾草，我還活著，像它那樣！」阿兔也把那句話反覆了一次，然後問他：

「以後呢？」

「沒有了，就是那樣，我們的疲勞又恢復了，我們原以爲會那樣糊裏糊塗的死去，但我們當然不曾死去，第二天，當熾烈的戰鬥開始時，我們還是如龍似虎的去應付，嗯，就是這樣吧了！」

三

從阿兔說來，在這世界上最討厭的還不是阿齋叔而是江來老師。

江來老師是她國校時候的老師，很年輕，是剛從師專畢業的。

在這個世界上最關心她的，恐怕也是江來老師了，別人譏笑她是從擺脚村來的，但江來老師說擺脚村的人還不是一樣，學校或社會是不分什麼擺脚村或不擺脚村的。於是她本來很討厭上學的，就因爲有位江來老師在擔任著她的導師的關係，她也總算讀完了六年的課程。

「喂，擺脚村的查媒子！」

看見她，同學總是圍攏過來，像看矮人或乞丐那樣的譏諷她，好像擺脚村的人跟別的村落的人有什麼不同。

的的確確的，擺脚村的人揹著別的村落的人不一樣的殘酷命運，生在擺脚村或活在擺脚村的人就得忍受那罪過，並且毫無怨言的揹著那種殘酷的命運。

不是嗎？爸爸就是最好的例證，爸爸年輕時候還是力大如牛的農夫，日出而作，日入而息，過著安居樂業的日子，但有一天爸爸發現了自己脚盤裏的黑點，他知道他也將逃不過那個可怕的命運了，像祖先們或其他鄰居們。那實在是種古怪的毛病，最初出現的是脚底，然後是脚盤，那個像烏雲一般的黑點或暗斑漸漸兒爬上來了，爬上小腿甚至大腿去了，於是先是成了個「擺脚仙」，而後來呢，根本變成廢人甚至走進墳墓去了。逃不過的，住在擺脚村的人很少能夠逃得過那個可怕的命運。

於是擺脚村的人窮困。

於是擺脚村的人暴躁。

爲了疾病，爲了生活，也爲了想抗拒那種與生俱來的命運，擺脚村的人什麼事都敢做，村落本身像個毒瘤，慢慢把毒素傳播到鄰近的地方。

很少人同情他們，縱令同情他們也愛莫能助，提到擺脚病，大家搖搖頭。

不僅如此，他們還詛咒他們，恨不得他們早日命歸西山去享受淸福。

擺脚村的小伙子出去嫖、賭、當小偷。

擺脚村的查媒子溜進半夜門。

乾脆溜出去的，也許他們的名譽掃地，但是他們卻有充足的勁兒幹那些令人厭憎的勾當……原來，他們的雙腿好好的，不再惡化下去了。

不敢溜出去的，或者倒回來的，他們就得忍受那種在短時間內看不出來的肉體的腐朽。

人們看見擺脚村的男女在搗蛋或在幹著可恥的勾當，只因爲是擺脚村的，人們雖然萬分的厭惡，卻原諒他們了，人們網開一面，只趕走他們了事。

「呸！走開！」人們狠狠的啐一口沫，地上，或者乾脆是他們的臉上：「原來是擺脚村的，立刻給我滾開！」

那也便是人們對擺脚村的人的禮貌。

從阿兔說來，這個世界上充滿憂鬱，到處有值得厭恨的人，但都還沒有江來老師那樣值得她去厭恨，值得她去咒駡。

江來老師爲什麼又是那樣特別呢？其他還有不少的老師，尤其男老師，有的比江來老師更年輕更英俊，但是江來老師才是非常特別的。

那是一個下雨天：同學們都穿著花花綠綠的雨衣上學了，還穿著很漂亮很可愛的雨鞋，而她呢，戴的是大大的笠子，穿的是笨重的簑衣，脚底下是萬年皮，泥濘濺滿小腿上，這個樣子，她實在不願意上學，她想到的不是學問而是江來老師，所以她還是照樣咬緊牙關上學去了。

她跟在幾個同學的後頭進了校門，剛好碰見江來老師也來了，頎長的個子，擎著把黑雨傘，微笑著跟同學們打招呼，同學們當然都規規矩矩的敬了個禮，大聲說一聲江來老師早安！只有阿兔藏在人後頭，擡不起頭來，剛好那只大笠子成了遮蔽物，她就把自己的臉面藏在大笠子裏邊。

她悶悶不樂，眞想大聲大聲的哭一場。

第三天，她發現了奇跡，早上打開抽屜，嘿，一個偌大的包袱，外面是漂漂亮亮的包裝紙，用尼龍帶綁得四平八穩的，上面用端端正正的小楷寫著阿兔的名字，左邊下面寫著「妳的老師敬贈」。那是江來老師，一點兒不錯，他寫的總是那麼規規矩矩的楷書。

她多麼喜歡江來老師，當然還有很多很多的事情。

可是她還沒畢業，江來老師已經跟鄰近國校的一位女老師訂婚了，當她畢業後沒多久，他們結婚了，江來老師竟然那樣無情的撇開她！

四

阿齋叔的脚步聲是很特殊的，哦，不，從擺脚村的人說來，阿齋叔的脚步聲也許是很正常很正常的了，因爲會發出那種脚步聲的人很多很多，而阿齋叔不過是其中一份子而已。

阿齋叔的脚步聲到底是如何的特別呢？那雙脚步聲不是拍拍的有規律的脚步聲，而是先來一個重重的拍的一聲，拖了一下，然後是輕輕的舖的鈍聲，也就是說一般人的是

拍—拍，而阿齋叔的呢，是

拍—鋪、拍—鋪

原來阿齋叔也是個「擺脚大仙」，他的左脚癱瘓了，不夠自由了，只剩下右脚還算健康。

阿齋叔也是個日暮途窮的典型的擺脚村被害者之一。

阿齋叔不僅是個擺脚大仙，也是個獨眼龍呢。他的一隻眼睛凹陷下去了，形成了一個窟窿，那顯然不是天生的而是後生的。又是怎麼一回事呢？哦，那已經是好幾十年前的事了，他在草埔上看牛，牛不是故意的，只是爲了要趕走牠後軀上面的牛虻，牠習慣的把頭角揮了過來，那個看牛的少年恰巧站在旁邊而未及時躲開，於是長長的牛角的尖端刺進了他的一隻眼睛去，把那顆眼珠子給撞碎了，血流如注自不必多說。

阿齋叔是爸跟媽硬要阿兔這麼叫的，其他人背地裏都說他是「單目的」，倒沒人說他是擺脚大仙，因爲擺脚大仙太多，分不出誰是誰。

阿齋叔拖著那拍——鋪，拍——鋪的脚步聲進來，首先聽到那脚步聲的照例是躺在床上的爸爸，爸爸的下身癱了，不能動彈了，但他的耳朵特別靈敏，一聽到那個脚步聲，他就用他微弱的，卻帶著幾分恐慌的語氣喊叫阿兔的名字，或者提醒媽媽去叫阿兔回來，當阿齋叔來時，阿兔首先要做的是看看有沒有紅標的米酒，至於菜餚，只要阿齋叔本身有所獲，則血塊啦，肚腸啦甚至精肉都一大堆，只要烹調一番便夠了，講究一點，就在附近小店鋪去買點兒油炸花生米、魚罐頭那一類。

「阿兎，阿兎，」爸用虛弱的聲音叫喊：「你的阿齋叔來嘍，還不趕快去看看他。」

阿兎穿著那套破破爛爛的「迷你裝」，拖著懶散的脚，一聲不響的去迎接阿齋叔。「討厭鬼」，心裏，她先這麼詛咒一聲。

「你媽在不在，嗯，阿兎，我肚子餓啦！」

阿齋叔關心的永遠是媽的事，把紅標的米酒、菜餚擺齊，再來一壺噴香的茶，阿兎通常是沒別的事了，但是她不能走開，她得蹲在暗濛濛的廚房的一角等阿齋叔使喚，要是不在，又得提防皮痛哩。

不管阿齋叔在不在，媽不能自由到小街上去，除非是阿齋叔的命令，不然媽有好看的了，媽整天得在家裏附近兜圈子，種種菜啦，看看稻禾啦那些，反正有很多東西，阿齋叔會從小街上或更大的城市帶回來，其中也包括爸爸的，爸爸看到阿齋叔買東西給他，臉上也漾出疲倦的微笑。

阿齋叔喝酒、吃飯，媽得在一旁侍候他。媽要換上一件較乾淨的衣服，那也是阿齋叔的命令，有一次媽就穿著普通的作業服去，阿齋叔大發雷霆，衣服給他撕破了，赤條條的給趕了出來，只好再穿一件還像樣的花布衣花布裙進去，這樣阿齋叔才開心，痛痛快快喝他的紅標米酒。

後來阿齋叔買了好多件衣服給媽，給爸，也給阿兔，當然媽的衣服可是最多的了，包括許多內衣跟一件很古怪的粉紅色透明的睡袍。有時阿齋叔就故意讓媽穿著那種古怪的長袍，身體裏邊都看得明明白白的，媽不敢穿，阿齋叔就大聲吼叫著：

「有什麼關係，又不是在街上，難道誰敢笑話我不成!?」

媽給他嚇壞了，不敢嚷了，阿兔當然不敢表示她的意見，至於爸爸呢，默默的在他自己的床上流著淚。

「你的生意做得還算順利嗎？」媽細聲細氣的問他。

阿齋叔瞪大了他的一隻眼，不聲不響的從褲腰裏拉出了支明晃晃的短刀，捅上食桌上面：

「誰敢阻攔我，我就宰了他！」

他的粗厚的巴掌伸進了媽的胸脯去，哇哈哈，得意的笑聲，連屋頂都快塌下來了。

五

阿兔跟阿春哥在小街上碰見了，阿春哥依舊鎖著眉頭，眼睛爬滿了紅絲。

「阿春哥，難道你是到街上來找牛？」阿兔問他，他吃了一驚似的回過頭來，動了好一會兒嘴唇，這才結結巴巴的說：

「我，嗯，去過好多地方。」

「那裏？」

「江來。」

「江來？你說是江來老師？」

「嗯。」

「你也認識他？」

「我不是跟你談起過嗎？在金門，我有一個很好的伙伴，就是那狗尾草的……」

「恨死江來老師，他有什麼値得好談!?不過，嗯，就是把你的狗尾草接去的，說一聲：『哈，狗尾草，我還活著，像它那樣！』就是那個伙伴嗎？」

「是啊，哈，妳的記性眞好，嗯，江來也談起過妳，他說妳的腦筋不壞，書也讀得不錯，人長得也挺清秀的！」

「哼，誰要他談起我！嗯，你說他把狗尾草接過去，就只談了那麼一句話？什麼都沒談？」

「我們眞是無所不談的，當時只談了那麼一句話，集合口令來了嘛，就沒有再談。後來我們又看到那叢狗尾草，眞是的，起初沒有注意到，以爲金門沒有狗尾草，可是到處是狗尾草嘛，那個雜草耐命，也許它們對人類的貢獻是微乎其微的，但它們活著，繁殖下去，環境惡劣，還是活它們的，雖然沒有什麼大用，一片碧綠的，清新可愛，那也不錯啊。嗯，我這次跟江來重逢，他邀我到他的家，他已經娶了個很漂亮的太太吶……」

「一個狐狸精！」

「狐狸精!?嗯嗯是吧，一個很可愛的狐狸精，不過我倒覺得他們是天造地設的一對，何況是同行……」

「你有完沒有？你竟然看上她，就把她搶過來了不就得了嗎？」

「哦哦，沒這麼嚴重吧，統而言之，我們久別重逢，他請我喝酒，我喝得酩酊大醉了，我們都躺在陽臺上的竹榻上，仰望著月亮，談起了金門前線的事。後來他問我現在做著些什麼事，我搖搖頭說沒有。他說人應該找到一項正正當當的事情替國家社會貢獻一點力量，哪怕微小得根本談不到，他說如果我眞的沒有，他倒要我替他做一點事……」

「不會又是偷牛偷宰的勾當吧!?」

「噓，這麼大聲幹嘛！」

他們走到一座媽祖廟，阿春哥買了兩瓶果汁，到廟後的小山頭去。老榕樹下造著不少的水門汀凳，他們併肩坐了下來邊喝果汁邊談話。

「他介紹你做什麼？」阿兔問阿春哥。阿春哥把果汁一下子喝光了，用舌頭舐舐嘴唇，這才回答她：「妳知道他的父親是醫生嗎？他的父親在研究我們的擺脚病，有一輛巡迴醫療車，有一個司機，江來說那輛車子需要一個助手，把儀器搬上搬下。他說我會駕駛，再溫習一下駕駛技術，去考執照，有了執照，有時也可以代替那個司機開開車子……」

「你以前從沒有談起過！」

「我是在金門學的，技術實在不成問題，但有一次駕駛不愼，開到斷崖下面，車子撞壞了，我也險些丟了老命……」

「唉喲！」

「所以嘛，退伍後我絕口不談駕駛的事了。」

「比偷牛偷宰強呀！」

「又來了！」

阿春哥搔搔頭，把他的球鞋脫掉了，亮出了他的脚底盤，架起二郎腿，摸摸他的脚底，猝然，他悲傷的呻吟了：

「妳看，開始了，逃不過的！」

那脚底盤已有了黑斑了，那也就是擺脚村人的命運，遲早的問題，反正是逃不過的。

阿兔也趕快查查她的脚，還好，目前似乎還沒有。

「我們怎麼辦？」

阿春哥絕望的叫了起來。

「我們有什麼辦法？只有等死！」阿冤攤了攤手。

「不！」阿春哥激動的叫：「我們得面對現實，我要脫離青豹跟阿齋叔，要到那巡迴車上工作，待遇也許會很低，但對社會總是有點貢獻的吧，嗯，」阿春哥拉了拉阿冤的手，苦笑著說：「我們本來就只是草原裏的一叢狗尾草，只能貢獻這麼一點力量！」

「我呢？」阿冤無助的問他。

「對啦！」阿春哥眉飛色舞的回答她：「江來老師需要妳，他說他們夫婦白天要上班，沒人看家，他希望妳去幫忙他們……」

「哼，原來他是要一個煮飯的!?」

「夜裏，讓妳到夜間部讀書！」

「眞的？哪裏有這麼好的事！」

「妳不想去？」

「我不想去！不過先回去看看有沒有一件較像樣的衣服再說！」

六

青豹看見他們，但青豹沒理睬，氣呼呼的就要離開那裏，倒是阿春哥關切的喊了一聲爸。

「到那裏去，是不是又有了生意啦？」

「還談什麼生意？」青豹鐵青著臉氣急敗壞的說：「無仁無義的傢伙！完了！散伙了！」

「你說是阿齋叔？」

「還有誰？哼，跟著他只有倒霉的份兒！你看，不是講好了要給我們兩千元嗎？呔，才這麼兩張吶！」

青豹從口袋裏掏出兩張百元大鈔，狠狠地丟在草地上，啐了一口沫：「我要上山去伐木，不再幹啦！」

「那麼，我怎麼辦？」阿春哥有些傻傻的，看來他還是很孝順的孩子。青豹聽了他的話，暴躁的回答他：

「他媽的！已經這麼大了，難道還不會理自己的事情!?那裏不是有個現成的牽手嗎？別放走她，反正餓不死的！」

邁著蹬蹬蹬的脚步聲，青豹走他的路去了。

「阿齋叔是唯一的目擊人，」阿春哥目送著青豹的背影，似仍依依不捨：「他們那時都在高山上伐木，有一次青豹把一個情敵從萬丈高崖上推了下來，嗯，那已經是幾十年前的事了。」

回到家，那個場面把他們嚇壞了，阿齋叔在喝酒，在嚷叫，在嘔吐，也許他的火氣太大了，鼻孔淌著血，嘴唇跟裸著的上身都沾滿了血液或嘔吐出來的穢物。阿兔的媽也裸著上身，憮憮然的想掙扎著離開，阿齋叔不放過她，從褲腰裏拉出了那把刀子，寒颼颼的，媽恐怖的叫喊著要脫身，一隻手卻給阿齋叔抓緊了，那個衝力把偌大個子的阿齋叔從條凳上拖起來，阿齋叔舉高了刀子，正對著阿兔的媽的胸口，阿兔的媽拼命的喊叫，就在這千鈞一髮之際，阿齋叔癱瘓似的跌了下去，他緊握著的刀子的尖部朝上，他笨重的身體壓在上面，他叫了聲低沉的唔，……在掙扎，在抽搐，就像他殺死的許多畜生一樣，他陡然的走到生命的終點。

「他的另一隻脚也擺了！」

阿春哥毫無表情的用他的脚尖去踢踢阿齋叔的腿，靜靜的繼續他的話：「故事告一段落了，反正狗尾草是清除不了的，狗尾草有狗尾草的世界跟命運……」

——本篇原載於《聯合報》副刊，一九七〇年六月二十五日～七月二日出版。

渡邊巡查事件

一

在我們的小城裏，提起誰最討厭，誰最可怕，大家都會豎起大拇指，舉出渡邊巡查的名字來。

渡邊巡查，人不怎麼高，也不怎麼胖，但很結實，很有份量，黑黑的，要是脫去了警察制服，人們一定會以爲他是火車站的卸貨苦力呢。

大家都討厭，大家都害怕，但我們一家倒是例外。我家那時住在「樺太町」。噢，這裏所說的樺太，並不是日本頂北部的樺太島〔今稱庫頁島，蘇俄管制〕的那個樺太，更不必與臺北市的樺山町相提並論，而僅是一個小小街名的綽號吧了，意思是說頂頂偏僻而被隔離的貧民窟。樺太町的街道永遠是那麼狹窄，那麼骯髒，密佈着木板或土磚構成的平房，而樺太町最重要又最出名的是，這不出一百公尺的街道，竟然三步一小「半夜門」，五步一大「半夜門」，害得滿街都是狂蜂浪蝶，眞夠熱鬧！

不過我要鄭重擧出，我家雖非富有（啊，假如很富有，就不會呆在樺太町了，不呆在樺太町就不會碰到轟動一時的「渡邊巡查事件」了！），却不是經營半夜門勾當的，而是一家堂堂的良善居民（我家門上就釘着「良善住宅非請莫進」的小木牌可爲證明）。

外面路基比我們家高，要小心謹愼踏下兩三段磚階才能下到亭子脚，再跨兩三步達到大門。房裏很少什麼擺設，有點空洞洞的，房子的一隅，用木板隔起來，裏邊放着一張舊架床，那就是我爸媽的房間了，至於我的房間要更上一層「樓」，樓梯就在通往厨房的路旁，闊不過二尺，是用柑仔箱的木板胡亂拚湊而成的，人踏上去會發出伊呀伊呀悅耳的聲音。

我的房間無論如何也不能說寬敞明亮，沒有窗戶，白天又是不通電的，所以卽使小到五瓦特的泡燈也發生不了作用。好在我爸很能幹，把瓦片挪開了一個空隙，嵌上玻璃，透進了曚曨的光，不然眞是黑得可以了。這就是我家的大略情形，沒有什麼好說的了，有嘛，就是後面的一間厨房了，厨房外面連結着猪圈，呆在厨房裏，其滋味如何，不問可知了。

這是個猛夏溽暑的季節，我正在樓上呆着，懷念着幾年前中元節的盛況。如今是個節約的時代，中元普渡已經全給廢止了，唉，眞可惜，想着想着，忽然聽見外面小孩尖銳的賣冰棒聲音，才給擺正了魂兒，正想下去一看究竟，卡卡的皮鞋聲，不看也知道是渡邊巡查來了。別人看見渡邊巡查要退避三舍，我可不，我趕忙下樓去，大聲的叫了一聲渡邊先生，然後纏在他的佩刀邊，把他的佩刀拉出來，揮了幾揮作指揮狀，過了癮，這才把它插進去，渡邊不僅不會罵我，還會笑迷迷的問我：

「哦，阿康仔，你也在這裏，怎麼，不去河裏游泳麼？」

「游泳？哦，不敢去，」我聳聳肩頭回答他：「哼，河裏有水鬼呢，我怕極了。」

「水鬼！」渡邊拉長了一下他的希特勒式鬍鬚，啊哈大笑：「你們臺灣人眞怕死，以爲水裏有水鬼呢。」

「有啊，渡邊先生，沒有水鬼人爲什麼會浸死，那就是水鬼把他拉進去的啊。」我一本正經。

「哈哈。」渡邊大笑不已。

我爸在「客廳」（意思是說比較靠大門一點的地方）一張長板凳上，一心的搓揉着他的猪肉繩索。我們家不是屠宰商，但却極需這類繩索，所以他一有空，就得到鄉下採狗薑草，回來曝晒、搗搥、搓揉等等手續製成粗纖維。我爸打着赤膊，下面只穿着一條白短褲，把一隻脚舉起來。

渡邊來的時候，我爸好像正在鬧什麼性子，只噢了一聲，頭都沒有抬的趕着他的工。渡邊似乎也看慣了，並不怎麼介意，也逕自走來，跟我搭訕。

倒是我媽禮貌週到，從房裏出來，眉開眼笑的問候他：「渡邊先生，你來了，天氣好熱啊！」

「噢，熱得很，熱得很，眞熱死人啦，噢。」

他死盯着我媽的胸前，我媽這時恰好喂乳給我小妹妹吃，衣服攤開來，露出又白又大的乳房。渡邊可毫不猶豫的伸出手，摸了摸我媽的乳房，說：

「上次，妳不是說有硬塊麼？好了沒有？」

「好了，渡邊先生，眞謝謝你關心。」

「那裏那裏，噢……好像已經好了，好在——好在——嗯，假如這個硬塊不消失，可麻煩多嘍，患了乳房炎可不得了，現在醫藥這麼缺乏，可叫妳夠受的了！嗯，嗯？」

渡邊這才言歸正傳的小聲問我媽：「喏，那個還有點賣剩的嗎？今天有客人，給我弄一點來好麼？」

我媽唯唯諾諾：「好！好！渡邊先生，你要多少，儘管講好了，我會給你想辦法。」

就這樣，渡邊滿意的離開我媽，也摸了一下我的頭，踱出去了。走到我爸身邊，低頭看了一下我爸爸的工作，獻媚的：

「嘿，陳阿呆，好忙的樣子吶。」

我爸爸依舊未抬頭，粗聲的回答他：「嗯，忙得很，嗯。」

渡邊只是不以爲意，跨出亭子脚，小心踱上磚階，到外面石子路去。

還沒走遠吶，我爸爸狠狠的拍了一下他的大腿，粗聲厲氣的咒罵起來：「他婆娘的大屁股，什麼賣剩不賣剩的，人家辛辛苦苦賺來的嘛，哼！」

我媽媽可氣死了，她一邊瞅着渡邊的後影，一邊事態嚴重的用手指點點我爸的額角，壓低聲音罵道：「你想死了是不？你這死猴子！你呀，你還不是靠他的幫忙才賺了點錢？你頭昏了是不？哼，我看你呀，終有一天要吃他的虧咧！」

「有一天要吃他的虧？」我爸打量着我媽，冷冷的：「爲什麼等有一天？現在我不是吃他的白虧嗎？」

「現在吃什麼虧？」我媽雙手插腰。

「當我的面前摸妳的乳房，不算吃虧？」

「什麼吃虧，人家好意，怕我患乳房炎吶。」

「他是管「押米」（走私）的，誰叫他管起乳房來啦？」

「你呀，你這猴子，不要大驚小怪。」

「什麼大驚小怪?我在家的時候他都這樣，我出門去了，不是給摸遍了。」

給我爸這麼一說，我媽可眞生氣了，她有點歇斯底里的大吵大鬧了起來:「是啊，我給摸遍了，又怎麼樣?你又損失什麼?還不是爲了你那張嘴，爲了這些小鬼仔的嘴。」

「爲了這幾張嘴也不需要給他摸遍呀。」

我知道我爸又惹禍了，看他那張冰冷冷的面孔，嘴裏衝出來的都是些狠毒的話，不打破砂鍋問到底不肯罷休。偏偏我媽是個熱血人，受不住冷言冷語，當熱度升高到無法忍耐的時候，她訴諸於行動，胡亂毆擊起我爸來，我爸起初只是招架，看準了空隙，一伸拳，重重打了她一耳光。他瞄得那麼準，打得那麼重，可夠我媽受的了，她踉蹌幾步，同時也像着了火似的哭起來。這下我爸可有些心軟了，滿身的漏洞，說時遲那時快，我媽已經反攻過來了，我媽使出了它的絕招，一伸手，抓起了我爸的大腿根，哼，我爸穿的很短的內褲，等於是「不設防城市」，這一着，可眞抓緊他的弱點了，他慘叫幾聲，立刻發出哀求聲來。

「認輸了是不?你這猴子，下次你還敢不敢?」我母親怒目橫眉。

「不敢!不敢」我爸連聲喊叫，我媽確認了投降的意向，這才鬆開了手。

「阿康仔!」我媽威風凜凜的撤兵，一邊叫我名字，一邊步入廚房:「你來，把這個帶到渡邊的宿舍去，你不要告訴他婆娘說是渡邊要的，而要說是我們賣剩的。你爸不曉得奉承渡邊，哼，有一天他要吃大虧吶。我們可不能這樣。」

我媽做得乾脆俐落，勤快得叫人眼花撩亂，她打開碗櫥門，從裏邊找出了一個大碗公，咳，裏頭竟有一大塊豬肉！她用狗薑繩縛好，再用報紙包着，擱在我貼身的汗衫裏，不使它掉下來，然後再拿一件白襯衫遮在上面，這樣外面人就看不出我這邊懷的什麼鬼胎，可以若無其事的到渡邊的家去。

一切弄妥，我就到渡邊家來了。

二

渡邊家的玄關門是開着的，我還沒叫人吶，已經看到「奇裝異服」的渡邊悅子了。悅子在新竹高等女學校讀書，暑假在家閒着。哦，我說她「奇裝異服」是有語病的，因爲她上身根本未着衣服，下面呢，是一條粉紅色的短袴，說她奇異倒是切實的。她的身體實在又白又嫩，儘管我住在樺太町，看多了女人，但像她那樣會叫人砰然心動的可絕少僅有呢！

悅子躺在連結玄關的三疊間，一面吹着扇風機，一面在閱讀着少女俱樂部。聽見有人進來，她起了半個身，可一點不着忙，把書丟在榻榻米上，用柔聲問我：

「呃，是阿康仔，你來找太郎？」

「不是不是。」我搖搖頭：「我要找太太吶，太太在麼？」

「噢，在，我給你叫吧。」她大聲向厨房叫：「媽媽，有客人來找妳啦！」

渡邊太太一面解開圍巾，一邊揩着手進來了，親暱的叫了一聲阿康仔，然後回頭小聲的斥責悅子：「悅子，看妳，像什麼吶，還不快給我進去。」

悅子在撒嬌：「呃，怕什麼，又不是別人，是阿康仔嘛。」

「他們臺灣人看不慣咱們的習慣吶，快給我進去。」

「呃，太熱吶，裏邊——」悅子又撒了個嬌，但還是站起來了，一步步退入隔壁房間去了。當她要沒入房門前，好像故意向我示威似的，挺胸脯，扮了個鬼臉。

「小孩子，眞不懂規矩。」渡邊太太向我陪禮：「阿康仔，這麼大熱天，你上來坐一下好嗎？吹吹扇風機。哦，太郎去釣魚去啦，他說要找你，你沒有去嗎？」

「沒有。哦，我現在不是找他，喏，這個……。」

我從懷裏掏出那塊猪肉來，說是我媽送給太太吃，補補身體的。她是個瘦個子，體弱多病，可是她並沒有立刻把肉接去，微蹙頭眉，小聲問我：「不會是渡邊開口要的吧？」

「不是！不是！」我極力否認。

「那還好，」她轉憂爲喜的接過肉去：「唉，這個時候，你們也太辛苦了，不要常常這樣才好喲。」

「一點點東西，一點點東西！」我說，我不客氣的爬上三疊間去，藉吹扇風機之名，好賴些時候，往常我送東西來，賴着不走，總會帶點東西回去的。比方麵粉做的餅或水果、洋娃娃等。吃的玩的都可以，只是分到洋娃娃我可一點興趣都沒有了，像什麼博多人形土佐人形等等都是很珍貴的，但拿到家裏，我總是給妹妹玩，不到一天工夫就給撕碎了。

我在扇風機前盤膝而坐，順便翻開少女俱樂部。印刷精美，但我喜歡的是太郎的少年俱樂部，所以沒翻幾頁我就擱下來了。這時悅子出來了，她罩了一件粉紅色的汗衫，曲線畢露，更增加幾分嫵媚。她一邊走一邊爬着耳屎，裝模作樣的問我：

「阿康仔，聽說你們臺灣人長大了就不跟爸媽或兄弟姐妹們一同洗澡，眞的嗎？」

我來不及回答，她又接去說：「你們臺灣人眞奇怪，大了就扭扭怩怩一點不大方。跟爸媽姐妹洗澡有什麼不好，大家一家人嘛！哼，我們內地人啊，一個風呂桶，大家一同入浴，那才有趣吶。」

她在我身傍跪了下來，說：

「我給你弄耳屎吧，你的耳孔總是髒稀稀的……可是，阿康仔，你要表演那個喲，我頂喜歡看你的表演吶。」

我點點頭。於是她弄起我的耳朶來。但我的耳朶眞不爭氣，稍稍碰觸了幾下，就叫我嗆得不得了。她看我不住的乾嗆，咯咯笑起來說：

「咳，小姐跟你弄耳屎呐，會不舒服嗎？」

其實，我這個耳朶的神經過敏，在耳葉也是如此。我既然無福享受她的服務，我自然唯有表演一途了。說到我的表演也眞粗陋得可以，只要聚精會神稍稍耍個花樣，我的耳葉就會前前後後的一動一搖，如此而已，但是悅子却笑得前仰後合，忙叫她媽出來欣賞。

渡邊太太也出來了，手裏拿着一包東西，香噴噴的，我知道又是剛炸好的「偷納子」〔一種麵餅〕了。我看太太來了，更起勁的表演，咳，她們母女可互相抱着大笑不已呐！眞奇怪，每次表演我都要暗自納罕。她們的環境如此的優越，吃的穿的住的，都高臺灣同胞一等，又是特權階級——警察，爲何對我這般簡陋的表演，會表現得如此開心呢？好像整月數月都不曾這樣歡樂過似的。

我看她們也笑夠了，這才改換節目，做鳥叫，什麼鵯鴣嘍、烏嘴筆嘍等等，我都倣得很像，她們也連連拍手叫好，叫得我心花怒放，高興極了！

我在渡邊家躭了一兩個鐘頭，這才回到家來。

三

提到我和渡邊太郎的友誼，是很特別的，他在新竹一所中等學校讀書，上下學都跟他姐姐一齊坐火車往回。他的學業成績平平，有些呆頭呆腦的樣子，滿臉的雀斑倒很像我，也許同病相憐之故吧，才格外的談得來。他又很喜歡釣魚，我雖然爲了家裏的工作不能常常垂釣，對於這個玩藝兒倒是十分內行的。鯉魚要用什麼釣，鯽魚要用什麼釣，我都知曉，更重要的，我知道那個池塘有什麼魚，要帶什麼魚竿和魚餌去，找蚯蚓不用說我最有辦法。

那天我已經跟他講好，要在附近池塘垂釣。這個池塘他幾天前獨自去過，却給老板下逐客令趕走了。事後我跟老板說項，特准渡邊太郎釣一個下午。噯，說起來很慚愧，還不是狐假虎威，嚇了一下老板而已。我說太郎就是有名悍夫渡邊巡查的兒子，如果得罪了，後果不堪設想，於是老板乖乖允許了。

所以今天太郎找不着我也可以很順利的達成他的目的。

太郎傍晚時分回來，提着二尾大鯉魚，高興得像什麼似的，我才不願意理他吶。

「喏，阿康仔，我的釣魚術也不錯嘛，你看。」

——有什麼了不起，人家放養的嘛，滿池塘都是！我想澆他一盆冷水，可忍着性子，只聳聳肩膀，故意摸幾摸鯉魚，假裝欣賞。

「下次我們再去，嘿，好多好多的魚喲！」太郎眞不知好歹。

「我不知道有什麼意義，光是釣鯉魚，有什麼好玩。」我故意掃他的興。

「我倒覺得蠻有意思吶。」

「呃，不，我們下次再也不到那裏去。」

他也感到掃興吧，踏着那會響悅耳聲音的樓梯，到我的「樓房」來。這還不是送電來的時候而樓上已經黑得不得了。他就在這黑暗的房間裏摸索一陣子，其實他什麼也摸不着，除了他自己給我的幾本破舊的少年俱樂部，我是當枕頭，擺在床頭的。不過究竟給他摸着一樣東西了，是一只「響管」。

那只響管是類似陀螺的玩藝兒，是用約一寸大的桂竹做的，長約二寸，兩頭用竹片和蠟密封起來。中間有一支軸心，透出兩頭，管子的側壁則要挖一個長方形的孔，玩時，下面軸心用繩子纏着，再用竹篾去滑動，響管也就轉動了。隨着轉動，發出嗡嗡的好聽聲響。

響管和陀螺都是屬於春節時分的室內遊戲，我雖然精於製造這種小玩藝兒，却不怎麼喜歡玩。咳，什麼捉鳥啦，烤窯〔在野外烤蕃薯〕啦，我才喜歡咧。

太郎用竹篾輕輕的轉動着響管，這才沒事找事的問我：「那一次你不是答應我要捉穿山甲〔食蟻獸〕的嗎?我告訴學校，他們要我帶去做標本吶!」

「有空我就會去，好遠吶，要到關西的銅鑼圈去，來回就得兩天喲。」

「你沒有自信吧，恐怕捉不到穿山甲吧!哼，那一次你說能逮到「盎子蜂」，結果給蜂螫得險些送了命。」

我本來是不太願意去的，眞的一些把握都沒有，可是經他這麼一說，我的牛脾氣又發作了，我說:

「咦，太郎，你當我是什麼人，飯桶?咳，瞧着吶，我阿康仔會抓不到一隻穿山甲?哼，瞧着吶。」

說到那次逮盎子蜂房，可眞丟臉。那蜂房好大喲，吊在樹架上，很像一只古老的瓶子，口開在下頭，黑色的大蜂一進一出，咳，看到了誰都會不寒而慄!我拉太郎去看，並且誇說我有辦法逮它下來，只要逮它下來就有噴香的烤蜂蟲好吃了。

我們帶着長竹竿，一束稻草和一盒火柴，就這樣「遠征」而去了。我裝着蠻熟練的樣子，把稻草縛在竹竿的尖端，點火，著猛了，這才讓火慢慢接近去。盎子蜂飛出來了:「你們不快走可要成焦屍啦!」我還興高彩烈的嚷着呢。

可是我疏忽了一件事情，那就是普通的蜂房接近地面，只要把火把一丟，人就可以跑遠，可是盎子蜂房吊在樹架上，高高的，火把失却了憑倚，得用人去支撐着，想要丟掉麼，燒不着蜂房，咳，不容你猶疑，已經有一隻蜂兇猛地襲擊過來了，狠狠的叮了一下我的臉頰。

我哎唷一聲大叫，死命的奔跑，而太郎早已躲得遠遠的，看我受了意外，這才惴惴然的囘來，問我：

「阿康仔，給叮了？疼不疼？」

「那裏會疼，這一點點！」我做了個苦笑，可是笑容還沒全斂吶，我疼痛難忍，竟哇哇大哭起來了。

咳，眞丟臉！

囘程，我走不動了，還虧他揹了老遠的路囘來的。

儘管如此，可是穿山甲又不會針螯人，怕牠幹嘛？所以太郎說我沒法捉到穿山甲時眞氣得要命，我誓死雪恥，不能這樣白白汚辱我阿康仔的聲譽。

爲了徵信，我還特地動了幾動耳朵。

太郎囘去了，提着他的鯉魚也帶着我的「響管」。

晚飯時我告訴我爸媽，說要到銅鑼圈去給太郎捕一隻穿山甲。銅鑼圈有一個叔叔住在那裏經營茶園，而他也懂得追捕穿山甲之道，只要他肯幫忙，捕一隻穿山甲是不成問題的。

可是我爸却沒頭沒腦的大罵起來，說我是敗家子不肯認眞工作，整天計劃玩這玩那的。至於我媽也不斷嘀咕着，提起了那次的盎子蜂事件，叫我凡事小心不要太野，我心裏眞不舒服，却也無可奈何，只好用少吃幾口飯的辦法以示抗議。

不過，以後我的生活發生了嚴重的事件，我這銅鑼圈之行還是成功了。

四

那天早上我們照常去做我們的「生意」。我爸西裝革履，還帶上眼鏡。提着個大皮包，乍看起來蠻像銀行的總經理。我媽「大腹便便」，而我則「背着小妹妹」。其實我爸的大皮包，我媽的大肚子和我的背上藏着的全都是「押米」物質，肉類或花生米等等。通常一斤猪肉三角五，帶到臺北去就可以賣到五角或更高的價錢。只要通過「輸出站」，臺北站是不成問題的。

如果我們去得晚些（我們實在也無法在固定的時間上車），也會碰到渡邊悅子和太郎姐弟。悅子穿着水兵服，楚楚可憐。太郎也穿着學生服，纒着綁腿，跟家裏判若兩人。我會羨慕讀書人就是這個時辰。

渡邊巡查把守車站，他總是便裝打扮，別人碰見他眞像老鼠見了貓一般的慌張，逃竄的逃竄，丟貨的丟貨，狼狽的叫人好笑。可是我們見到渡邊可裝大了膽子，嘿，比城隍爺護駕更有把握哩！他見了我總是眉開眼笑，用照常的聲音問我：「呶，背着小妹妹麼？」接着小聲的警告我：「快上去，別給人撞破！」

我和我媽只是幫忙帶貨，不到臺北去，我爸到臺北（通常在萬華交易），把貨交給中間的商人，領了款就可以回來，這樣日積月累，竟然成了很好的生意，雖然危險性大，賺頭也大，値得冒險冒險。

這一天早上我們沒有看見渡邊，這也是常有的事，所以並不以爲怪。可是有個略面熟的叫什麼廣田的走過來了，我爸還裝模作樣的想跟他握手寒喧呢！可是廣田並沒有接受他的善意而堅持要看他的皮包，這麼一來我爸可慌了！

我爸不肯輕易打開皮包而儘去哀求，廣田不允准，後來我爸竟在衆目睽睽下跪下去了，是白色的西裝吶！跪在卵石的月臺上，旣滑稽又可憐。但是廣田却絲毫不肯通融，於是我爸不得不打開他的皮包了。

於是他給帶到外面去！

我們有一個約束，碰到任何的意外，生意總是要做的，充份發揮了前仆後繼的精神。我們看到我爸有麻煩的時候，實際上我和我媽已經躲得遠遠的，然後由我媽帶貨到臺北去。可是，無論如何，今天的生意是垮了。

我遠遠兒的跟着我爸到分室來，當我爸給帶進裏邊去的時候，我不敢再進去了，我也不算是太小了，在那森嚴可怕的衙門外邊鬼祟行動是要吃虧的。我只好聽天由命的回到家來了，橫豎這又不是頭兒第一遭。

我媽中午過後回來，很湊巧，我爸也回來了。噢，我爸可換上另一副面孔似的，臉頰又腫又黑，走路也一拐一拐的，雖然還穿着那件一百零一件白色西裝，可像在屎坑裏打滾過來似的，髒且皺。他不住的呻吟着，喊叫道：「我會死了！我會死了！」走到他的床邊便像剛砍斷的大樹一般的倒了下去。

我媽也悲痛得不得了，不斷撫摸着我爸的身體，問這問那的，也用土方的藥草給他敷傷，煎些藥汁給他喝。

「廣田眞夭壽，東西沒收也吧，何必把人家打得這個樣子！唉，眞夭壽喲，眞夭壽。」咒罵了半天，這才想起了似的。「難道你沒看見渡邊麼？他沒在辦公室麼？你不會請他幫忙麼？」

「我看見渡邊，他在辦公廳，但我不敢叫他。」

「又不是瞎了的，哼，幾闊的辦公廳，他會看不到人家？」

「他明明看見我，可是他假裝沒看見。」

「哼，我明白了，死猴子，還不是渡邊策劃的把戲，我沒說過嘛？你要是對他太不恭敬，總有一天會吃他的虧的，今天啊，可應驗啦。」

「妳不是送給他肉了麼，那不算數麼？」

「哼，我說你這個人啊，心裏沒有，嘴皮也得奉承他像個祖宗才好吶。」

「咳，什麼祖宗不祖宗，他婆娘的大屁股！」

「你看，你這人，就是這個樣子，除非你不想幹這一行，不然，你想吃虧可有的是機會吶。」

到了晚飯時分，我爸似乎好了些，臉腫也消褪了些，能起來吃稀飯啦！就在「正廳」裏兜幾個圈子的時候，忽然瞥見渡邊在外面逗弄着小妹仔吶，接着，他進來了，我爸也不知那裏來的靈感，要他在厨房裏落座，以便講幾句「細聲話」。

「你到底怎麼啦，陳阿呆？」

「唉啊，一言難盡，我給廣田修理得這個樣子，你看你看！」

「好像蠻厲害嘛。」

「差一點沒給打死，咳，咳！」

這時我媽在洗澡，聽見渡邊來了，從浴室裏就叫了起來：「嗨唷，渡邊先生，我那死猴子今天可吃大虧啦。」

衣服都沒穿好吶，就跑出來了，一邊去抓鷄，一邊叫我到店舖去買兩三斤米酒，準備大請客。

半天，才弄熟了鷄肉，加上秘藏的花生米。切肉的時候渡邊挨過來小聲吩咐我媽：「喏，一半就可以，一半讓我帶回去，妳曉得啦？」

「我曉得了，渡邊先生！」我媽大聲的囘答他：「嘿，大家都說渡邊先生不愛太太，我看這個樣子啊，才是絕頂的愛妻家哩。」

渡邊哈哈大笑：「不奉承太太怎麼行，三更半夜她要是鬧了蹩扭那才不好受呐，尤其喝過了酒，嗳嗳，才不是好玩的哩。」

起初他還算客氣，酒下兩杯，可漸漸的露出原形來了，既吃且喝，談話也越來越沒遮攔。

「眞可惜，我沒看淸楚是你，唉，要是知道了，才不會叫你吃那麼大的虧呐。」

「那廣田也好厲害喲。」

「他算得了什麼，只要我一么喝，他就縮手縮脚啦。」

我媽當然也說盡了好話，要他以後多多關照。

「喂，阿康仔，」他已經十分醉了，把話鋒掃向我：「你不是要給太郎捕捉一隻穿山甲的麼?幾時要去?」

我剛想告訴他我爸不允許我去，我爸却搶着囘答說：「要去!要去!明天就給他去，要捉一隻又大又雄的給太郎。」

「是麼？」渡邊樂得闔不攏嘴，瞇着眼縫：「我那太郎功課怎樣我不太明白，可是他對生物倒是挺喜歡的，嘿嘿！」

「將來必定是個了不起的人物。」我爸媽異口同聲的誇獎。

酒過三巡，大家都差不多了，於是我爸提議要給渡邊叫小妹仔。

「誰好，渡邊先生，還是梅子麼？」

渡邊滿意的點點頭：「嗯，還是梅子好，叫梅子來吧。」

於是我爸下令：「阿康仔，你去叫梅子，說這裏有貴客，叫她打扮得漂亮一點，知道麼？」

梅子來過幾遍，身材的確不錯，只是她沒規矩，亂丟紙屑，咳，眞不知羞的小妹仔。

我沒有把這意思說出來，只是說假如她不在，叫誰好？

「梅子不在，叫誰好？渡邊先生。」我媽也十分誠懇。

「梅子不在——」渡邊想了一下，把目光停在我媽身上拍手大笑起來：

「對啦，梅子不在，阿康仔，你就叫一個像你媽這樣的人吧，你懂麼？這裏要高高的……。」他在自己胸前比一個高聳如山的樣子，看他那樣子準有五十吋以上：「這裏要大大的……。」這下他比比臀部，咳，要超過八十吋，這才又啊哈哄笑。

「像我這樣的有什麼好？」我媽故意扭動着身段，吃吃笑個不停。

「好！好！嗯，性感極了！噢，陳阿呆，我說你啊，是個頂頂有福氣的人吶，討了這樣一個又美麗又性感的婆娘。」

「是的是的，哈，」阿爸苦笑。

「渡邊先生眞會說話，居然說我美麗說我性感，嗤！」我媽吃吃笑個不停。

退出了笑浪，我走到隔幾間房子的「半夜門」去。

那家半夜門的構造和我家差不多，也是那麼的古老簡陋，只是在「正廳」的部份增加了一間房，裏邊放着架床，如此而已。這正是生意上門的時候，小妹仔們都打扮得一絲不苟，也有幾個狎客在走動，物色對象。

首先我碰到的竟然是梅子，我心裏一怔，但只笑了笑，拍了一下她的屁股，就找別人去了。我心裏惦念着一個，可能合他的意，雖然年紀小到大不了我幾歲，但早熟得很，她叫蘭妹，也跟我吃過幾次仙草，是剛從鄉下出來的。她的眼睛滾圓滾圓，好像永遠漂着淚珠似的，的確也那樣，我還沒看過她露出笑容呢，表情抑鬱極了！我碰見她只用手指在我面前勾幾勾，她就若無其事的跟着來了。走到我樓下，我示意要她上去，她穿的是窄裙，她先把裙子撩到屁股上面，這才一步步謹愼的上去。她目光可一直投在我臉上，好像要哭出來的樣子，上了兩三級，停了，哼了一聲，又聳聳肩，這才繼續上她的樓去。

呸！神氣什麼，還不是臭婊子！

五

捕捉穿山甲之行，費了我整整三天的時間。我回來的時候下着雨，在家裏換上衣服，吃罷晚飯，已經是夜裏八九點的時候了。

渡邊沒有在家，只有太太、悅子和太郎。我把穿山甲的竹籠擱在玄關的三叠榻榻米間，大家就來欣賞，我更大吹大擂，把自己形容成一個大英雄。

穿山甲，咳，偌大的體軀，兩頭尖尖的，全身披鱗罩甲，誰知牠只是個吃螞蟻的可愛動物呢！穿山甲的肉也很好吃，吃了清血，所以也可以賣到好多錢。

外面靜極了，只聽見嘩嘩的雨聲，增加幾許神秘氣氛。這是燈火管制的時期，電燈下面都罩着黑布，只有一個光圈比較明亮。通往渡邊夫婦的房間靠右邊，靠左邊的是悅子的房間，現在裏邊各自鋪着被褥，紙門是開着的，裏面都點着帶罩布的電燈。

忽然，我們聽見豪邁的吟詩聲，無庸說這家的主人回來了。他吟的是乃木大將在日露戰役時所作的漢詩：

山川草木轉荒涼，十里風腥新戰場；
征馬不前人不語，金川城外立斜陽。

那是征服者的詩，征服本來就帶着凄涼的成份，而乃木大將的詩更充滿凄涼的意味。

再加上嘩嘩的雨聲及渡邊酗酒後不正常的聲帶，那吟詩乍聽雖似豪邁却無限凄涼了。

「爸爸又喝醉了，唉！」悅子歎息。

「爲什麼他會那麼喜歡喝酒？眞奇怪。」太郎說。

剛才還快快活活的，如今渡邊太太的臉上已經很快籠罩愁雲，眉頭也緊緊的鎖着。她沒有回答兒女們的話，只輕輕地站起來打開玄關的門。她是無限溫柔的，是個典型的日本女性，也許她內心蘊藏着別人所沒有的剛毅氣息，只是極力抑壓着不讓它暴露出來。她使微弱的燈光射出玄關門外去，好讓丈夫能夠心情愉快的踏進自家的門，跟往常一樣。

「你又喝得爛醉啦，眞是。」她低聲的責罵。

「喝醉了，又怎樣，乃木大將也喜歡喝酒呢，他是個了不起的大人物，尙且嗜好杯中物，何況我，不過是低層的一個幹部吧了，今天不喝酒更待何時！嗯，妳不以爲然麼？」

他要進玄關門的時候緊摟着渡邊太太，太太拚命的掙扎才能掙脫過來。當渡邊像死猪一般倒在玄關口的木板上的時候，渡邊太太蹲下去給他脫鞋，而渡邊呢，好像完全起不來了，於是太太不得不把他抱起來，好讓丈夫能夠走幾步到床上睡覺。可是這一攙扶可出了岔子了，渡邊緊攀着太太站起來，順便又摟緊了不放鬆，這下太太可大大着慌呢，一邊斥責丈夫一邊把他帶到房間去。那扇門是開着的，他們進去以後太太來不及關上就給扭倒床上了。渡邊長得異常結實，而太太呢，有些弱不禁風的樣子，那能抵擋得住丈夫的強暴行動呢。

「孩子們在那裏！孩子們在那裏！」太太不斷的嚷着，可是一點不發生作用。這時的渡邊眞像乃木大將攻擊二〇三高地〔日露戰役中一有名戰役〕一樣的狠毒，一樣的死纏，一樣的欲罷不能。渡邊也若斷若續的吼叫着：「怕什麼，又不是什麼壞事，讓他們見習見習吧。」

我，悅子和太郞，都不敢想像會發生什麼事情，只是張着口從三疊間注視着那邊。啊，眞的，那要怎樣說明才好呢？不管太太如何掙扎，她穿的是薄質的浴衣〔夏季家庭衣〕，只在腰間纏着寬幅的帶子，如果你一定要那樣做，上身和下身是很容易露出來的。啊，那是絕不能發生的，可是竟然發生了！渡邊太太愈掙扎，浴衣愈鬆開，雙肩和胸脯都露出來。她的乳房是萎縮的，十多年沒有生育了，加上身體孱弱，就越發缺乏一股青春氣息了。也許就是因爲這個緣故，渡邊才常到我家來找刺激，也許就是因爲這個緣故，渡邊越發想在他太太身上發掘什麼，以補充他的不足。

與其說他是粗暴的，毋寧說他完全喪失了理智，他的行動又是那樣的神速準確，火力逐漸被集中在她的下身。重要的是她似乎已失却知覺了，沒有力氣抗拒了，只是不斷的微弱的反覆着：

「孩子們在那裏！孩子們在那裏！」

悅子首先站起來，用雙手捧着臉，跑進隔壁房間，重重的帶上紙門，倒在被褥上就悲切的嗚咽起來。

太郎也站起來了，聳聳肩，扮了個鬼臉，背向着他爸媽的房間，熟練的拉上紙門。現在該輪到我行動了。我把穿山甲的竹籠挪到玄關的三合板上，連一聲「撒喃納拉」都沒說，打開玄關的門便衝出去。外面漆黑一片，雨滴仍淅瀝的降着……

隔了兩小時呢？還是四小時呢？總之是深夜，分室的宿舍裏傳出了幾響槍聲驚動了附近的住民。我家離那裏有百多公尺，我又是個死睡的人，沒聽出那聲音，但是一傳十，十傳百，不到天亮就傳到我們的耳朵來了，而分室外面早已圍攏密密麻麻的羣衆。

「不會是盟軍的飛機掃射吧？」

「昨晚又沒有空襲警報。」

「也許是擦槍走火……」

「三更半夜，槍會走火麼？」

「是部長麼？也許是廣田。」

「剛才那個人說是渡邊巡查……」

因爲武裝警察嚴密的封鎖整個分室，所以住民們只是瞎猜，你一言我一語的全不得要領。但到中午時分，較確切的情報傳出來了，原來是渡邊巡查夫婦死去了，渡邊身上挨了兩槍，太太左胸挨了一槍，雙雙死去了。於是人們加油添醋的渲染着：

「啊，一定是渡邊好吃酒，家庭經濟發生問題才走自殺之途！」

「一定是渡邊有外遇給他婆娘知道了，才雙雙自殺。」

不過，按理，這自殺之說，顯然只猜對了一半；渡邊是給太太槍殺的，然後她自己舉槍自戕。但到底她爲什麼要這樣做，可沒有人知曉了。啊，我也但願說聲不曉得。

實際上我也不全曉得。儘管我目擊了那晚上奇特的一幕（我是世界上唯一目睹那場面的第三人），但是究竟它值不值得那樣的悲觀，悲觀到那可怕的地步，這我可就不曉得了！

我相信如果渡邊太太能退一步想，什麼事情都不至於發生的。那時她也許想到孩子們以外還有阿康仔……

這已經是二十幾年前的事了，但至今我一閉眼仍能想起那一家人；外形兇悍、自私自利的渡邊巡查；溫柔體貼體弱多病的渡邊太太；穿着水兵服可愛的渡邊悅子，以及滿臉雀斑有些傻頭傻腦的渡邊太郎……就在那一晚離別以後，我再也沒有見過她們姐弟了。我曾經幾度想去探望她們，但不是警衛森嚴就是門檻深鎖，不得其門而入。數天後，她們託付分室的小使先生〔工友〕送回那隻穿山甲，但未附隻字片言。然後聽說她們遷到臺北去了，稍後又聽說她們回去了她們的故鄉——鹿兒島去。

毒蛇坑的繼承者

阿明哥給雨傘節咬斃，固是我們立下決心離開毒蛇坑的原因之一，而黃龍病給我們柑仔園帶來的災難，也確確實實推動了這個計劃，於是，我們都積極準備遷走這帶有可怖名字的山谷。

「葉阿茂的山已經賣掉了，他們的黃龍病還沒有我們的厲害呢，而且，他們還有一座不算太壞的桂竹林，但是他們仍毅然離開這裏，離開這『有做沒得吃』的地方！」

爸把烟絲塞在短烟斗，用不屑的毫無留戀的眼神俯瞰着這塊住了好幾代好幾十年的山谷，胸有成竹的說了這麼些話。

爸穿着破爛的衫，破爛的褲，甚至連戴在頭頂上的笠子也都是破爛的。

他把褲脚捲到膝蓋上面，露着一雙又黑又瘦的小腿。

我曉得，爸的心已離開這兒了，自從阿明哥那一天給毒蛇咬噬，毒發身死以後，他一直就詛咒這兒，一直就嚷着要離開這兒。

我也曉得，他到外面未必有謀生的信心，只是他已過於疲憊了，他一生勤儉，結果貧窮並沒有離開過他，而晚年給他的竟然還是很重很大的打擊。

對於爸的話，我不置可否，只默默的環視着山勢。

我在重新估計着這些山的價值——並不全是當貨物看時的價值，而是它的農業經濟上的價值。

山已經夠高了，但比這兒更高的山還多的是，比方葉阿茂的山就比我家的山更高更偏僻。

我們的山靠近香心堂，那是一座香火鼎盛的齋堂，而香心堂從通着巴士的大村道是有一條修得很好的人行道通達的，所以我們的山和我們的家，交通也都不算太壞。

我們的山是向南的，種茶種柑桔最適合不過。

我們的山有一股泉水，雖然不算頂大，却用之不竭，取之不盡，不僅解決了我們家的飲水問題，還能闢開幾坵梯形田種植水稻。

電燈已經拉到香心堂來了，我們如果出得起兩三支電桿的費用，那麼我們家也有電燈了。

我私底下認為這幾座私山還是大有可為的，只要農校一畢業，我便打算回到這親切的故鄉來大事整頓一番，可是，還沒有開始哪，一連串的不幸事件先磨損了爸的元氣，也磨損了我的銳氣，我們都心灰意懶不知所措，於是爸開始發牢騷，嚷着要賣山賣屋，到「平陽」地方嚐試新的生活方式。

媽可不贊成，她十分不贊成，她的理由很簡單，她說我們已經住慣了，是「祖公業」，只要勤奮耕耘，吃的總不成問題，再者，賣給了別人，別人還不是一樣的討食法？

媽說得也不錯，這裏又不出礦產，別人買去了還不是種種茶啦、柑桔啦、或竹木啦等等過活？正是那樣的，我們以爲沒辦法，別人可滿懷希望的想在這裏落脚、開拓、生產，過着滿有味道的生活。

爸贊成，媽不贊成，我被夾在中間全沒了主意。

「喏，正雄，」爸漾着軟弱的微笑對我說：「聽你媽的口氣，你媽不太願意離開這裏，可是，在平陽，我們可能有更好的生活哩！噢，我還沒有告訴過你，那天我到新竹，你的阿根姨丈又說了，說你一畢業，一定要到他那裏，他的醫生館生意可忙得不可開交哪，還有，嘿，那月雲，她也長大了，高中快畢業了，正在準備考大學，嗨，我看他們——你姨丈，月雲——統統喜歡你！統統喜歡你到他們那裏去！」

「噢，阿根姨丈！」

說到這裏，我就不再往下說下去了，一點兒不錯，阿根姨丈那裏的生活，的確是很大的誘惑，還有那美麗聰明的表妹月雲，她已經毫不保留的表示要我跟隨着她，藥僮——這不過是對我生活最起碼的保障，她還說希望能夠找個機會讓我完成大學教育以及出國留學。

一對黑黑的眸子，深深的酒渦，甜甜的微笑，輕輕的掠過我的腦際。

我眞有點不明白，我爲什麼打算拒絕她們。

黑黑的頭髮，紅紅的面頰，小小的嘴巴……，那也是月雲嗎？喔，不，那不是月雲，而是另一個少女的影子，菊妹，曾是好鄰居的葉阿茂叔叔的女兒，她已經跟着她爸搬到新埔街做生意去了。

爸又打斷我的思緒：「喂，正雄，你曉得嗎？你媽雖鐵石心腸，只要你肯講幾句，她也就隨和起來了，你應該勸勸她，喔，不是嗎？這又不是什麼壞事，我們賣山賣屋，爲的是更好的將來和更好的生活呀！葉阿茂他們做起生意來了，賣點心，做柑仔（指掮客），什麼都做，什麼都可以做，除了偷人搶人，殺人放火，難道還怕撐不飽肚子嗎？嗨！」

黃昏時分，太陽逐漸西傾了，太陽帶着燦爛的柔和的餘暉，就要沒入對面山頭去。蚊蚋多了起來，我們都不時的揮手趕蚊子，我終於忍不住突然的站了起來，對於爸的話，我有些答非所問的回答他：「我們回家吧，爸，回家以後再看看吧！」

「吃飯的時候最好，」爸也站起來：「那個時間，你媽總是喜歡講那講這的，你就跟她講講看吧！」

「嗯。」我掮起了鋤頭。

還是爸爸率先下去，路很狹窄，只有兩三尺光景，最初，小徑沿着圓圓的山頭上，接着它沿着山皺，靠山的這一邊。左手，那有名的屬於我們的家的毒蛇坑——一個相當雄偉的山谷就展現了，山谷長着不少矮樹叢，山土是濕潤的，這裏雖不是石頭很多的地方——大部份是紅泥土——，但山谷中却也羅列着巨大的岩石。那岩石下面偶有一股山泉湧出，那裏一股這裏一股，也就逐漸滙成一股山澗，那也就是我家賴以生存的飲水兼灌溉用水了。

小徑右邊，已不再是荒廢的山頭了，陡峻的山也闢成一段一段的梯形植畦，栽着好幾百棵椪柑或其他菓樹，靠路的這一邊是會開紫色花朶的生籬笆。

「噢，這裏！」

爸忽然停下來了，我也緊張的停下了脚步，本能的睜大眼睛看清週遭；確實有些陰森的意味，從右手菓樹園裏高大的幾棵龍眼樹，枝葉扶疏遮蓋了半個天空。左手的山谷已經有一丈來深了，除了常見的灌木叢以外，也長了不少質地鬆軟的雜木，那些雜木裏還纏着不少有刺的藤蔓，比如「鴨媽梏」或「馬甲子」等等，茂密得連插足的餘地都沒有。

幾棵雜木已經給砍倒了。

淙淙的，細細的，玲瓏悅耳的山澗聲。

這一段，我們看不見山澗，山澗在樹叢下面。

爸用沉重的語氣說下去：「我警告過你阿明哥的，不知警告過多少次，要他不要管這個地方，可是他偏偏要管，說要砍倒這些樹木，清除這些藤蔓，還說什麼要撲滅那些長長的東西，你看，他做到了麼？砍了幾棵樹，他犧牲了，果然，犧牲得那麼慘那麼不值得！哦，我可憐的孩子！」爸的聲音是顫抖的，激動的，悽愴的，他悉悉地吸回了幾次快要掉下來的鼻涕。

——長長的東西——，好可怕的長長的東西！

儘管外面人稱我們的山谷叫毒蛇坑，我們却忌用那兩個字，通常都用長長的東西這一詞去代替，這和很多婦孺怕說老鼠，而以「尖嘴的」去代替是同樣的道理，毒蛇的毒可怕，老鼠的靈巧也很令人頭痛。

阿明哥是個能幹和苦幹的莊稼漢，他說到做到，可惜，天不假年，偶爾的疏忽，丟了寶貴的生命。

他和我的嫂嫂有二男一女，嫂嫂還不到二十五歲，却已經做了個苦命的寡婦。

都是那長長的東西害了我的阿明哥，害了我的嫂嫂，也害了我們一家人。

而那長長的東西似乎不止一種，毒斃阿明哥的是雨傘節，另外龜殼花也很常見。

一想到那長長的東西，我們都會不寒而慄。

我們一直不敢惹牠們，從來臺祖公的時候便是如此，甚至每年的端午節還要隆重的祭祀一番，把蛋啦，小雞啦一類食物奉獻給牠們。

我們一直也似乎相安無事，偶爾有小孩或從此地經過的外來人曾爲那可詛咒的東西給咬傷，但也都被醫治好，從未鬧出過人命。

我們都備着草藥和急救常識。

夜裏，在屋裏或床下，我們都經常提高警戒，不讓牠們侵襲。

看來，我們的家冥冥中似乎也托了那毒蛇精的福，事業有了一點成就，但不大。

就在這時，我們家出了個「叛徒」，那就是阿明哥。阿明哥的口頭禪是：沒做虧心事，天不怕地不怕，何怕毒蛇之有，於是他抱定決心要剷除那可恨的東西，遇蛇便打，打了就烤蛇肉吃，或活捉出去換幾個鎳幣。

最後他計劃要清除這「蛇窟」，可惜，一不小心，他給毒斃了。

他的毛病出在油膩東西吃得太多，蛇藥是忌諱油膩食物的，而那些天恰好是中元，肉類吃得實在太多，所以儘管及時服用了蛇藥，仍無濟於事，毒發身死了。

多麼悲慘的事！難怪爸要決心離開這裏。

我們懷着悲悽的情緒離開了這神秘而可怖的地方。

嫂嫂已經給我們煮好了晚餐，媽正在餵猪和家禽。

我也幫忙媽收拾了些時候，之後，我們的晚餐便開始了。

寂寞的晚餐，阿明哥不在，我們家眞的缺少一股生氣，因爲阿明哥有說有笑，是個樂天知命的人。

好在還有我的侄兒們嚷嚷叫叫增添熱鬧。

一盞小得可憐的昏黯的煤油燈掛在飯桌邊的牆上，那牆給燻黑了一大片。

爸默默的，帶着幽微的笑容，然後我瞅見他跟我呶呶嘴。

媽已經坐穩在長板凳上了，還有我的嫂嫂和侄兒們。

我是不太願意開腔的，但試探試探媽的口氣也不錯。

我若無其事的說了：「葉阿茂叔叔搬到街上去，聽說他們的生意做得蠻不錯，在市場裏買了一間房子，賣點心，菊妹在招呼客人，他們現在全都學會了煮點心的技術了，我猜，那不會是太難的一樁事。」

「煮點心有什麼難學！」爸把話接過去，眉飛色舞的說：「在市場嘛，買肉買菜都很方便，那些麵條都是生意人送來的，煮點心的人只要準備一鍋油湯，還用葱白去打打香料，一天的生意就有的做啦！」

「正雄，」媽停止了扒飯的動作，她嚴肅的，甚至有點冷峻的說：「你年輕，農校也剛畢了業，你有你的事業，你可以到外面求發展去，你姨丈的醫生館需要你去，你就到那裏吃頭路去吧。至於這個屋子，這幾座山，是祖公留給我們的，我捨不得賣，也不肯賣，我也不敢到街上拋頭露面去賣點心！」

「不一定要賣點心！」爸大聲嚷叫着：「做柑仔，做猪販，或做零工，什麼都可以做，不一定要賣點心！」

「你要去，你自己去，帶着紅妹（我嫂嫂的名字），只要把這幾個孫子和孫女留下……」

「山沒賣掉怎樣叫我去！」

「我不肯賣！」

「妳！……」

爸光火了，拍桌子，踢桌脚，還狠狠的丟下了一雙筷子，只是媽不爲所動，冷靜的繼續吃她的飯。

看樣子，我沒奈她何，就是爸也沒奈她何。

× × ×

我在新竹碰到農校的同學張益可是幾天後的事。他已經內定在此間的肥料公司做事，過幾天就要去上班。

我們在車站前的餐館裏同進午餐，是他請的客。

「老張，」我感慨地對他說：「畢業前你一直懷戀着山，說畢業了，一定要到山裏去謀求發展，可是，看樣子，你已住定了城市了，人是有惰性的，一住下去就很難更改啦！」

「嘿，老吳，」他抑不住興奮似的揚高聲音對我說：「我正想告訴你這件事吶！我也可能擁有一座山啦，就在茅仔埔附近，椪柑、蕃石榴、龍眼，什麼都好，我想種一種！」

「蕃石榴和龍眼等總不能大量栽培吧，那麼也只好種種椪柑……」

「就是椪柑！我就是想種椪柑！」

「唔，難道……」我蹙着眉頭警告他：「你不至於不曉得黃龍病的事情吧，整得我家焦頭爛額，六神無主哪！」只差沒把賣山賣屋的事告訴他。

「噢，黃龍病！」他聳了聳肩：「對於黃龍病，你以爲那是絕症嗎？嗨，蠻不是那麼一回事哪！我已經詳細研究過了，它是可怕的，但只要摸清了它的底子就不必太懼怕它啦！你曉得嗎？它主要由接木傳播，或將接穗接在經蚜蟲媒介而被感染該病的砧木上時，所育成的柑苗才會變爲保毒病苗……」

我呻吟了起來，心裏反覆了幾遍「蚜蟲」的名字，那是柑仔園常見的蟲豸，一點不稀罕，但假如那種常見的蟲豸，既然能興風作浪，那麼也就不能小看牠啦！

「黃龍病也有它的弱點，」張益可看我在沉思，又把話接了下去：「你曉得嗎，老吳？黃龍病看來夠頑強，可是它這種病毒，一經空氣接觸，它就死亡了，嗯，這還不簡單嗎？它不會因機械操作或病株汁液所傳染，在病株跡地上再植新株，是不成問題的！」

「噢，原來是這樣！」我為我自己對黃龍病的無知感到無限的慚愧，也感到無限的焦急，我在想，事情不是很簡單嗎？柑仔樹病了，把它掘掉，再種新株，三五年後還不是照樣有柑仔好賣？

不過，倘使新的接穗，新的母株，它們都是罹病的，那又該怎麼辦呢？

我把這個意思說了出來，張益可把碗底的鰱魚頭味醬汁通都喝下肚子去，撫摸了一下肚皮，這才籠統的把黃龍病的防治法告訴我：

「總之，要防治黃龍病，有三個訣竅，第一，要採取無病株作接穗——母株患病與否，可使用指示作物「墨西哥雷姆」測定，各試驗場所都能做這種測定。第二，要防治蚜蟲，蚜蟲為傳播黃龍病的媒介，防治蚜蟲可減少病毒傳佈的機會……」

他從口袋裏掏出一張十行硬紙和一支鋼筆，把剛才講的扼要的寫在紙上，「墨西哥雷姆」，他還寫了一行英文字——Mexieca Lime，——然後寫個（3）字，下面，「要根接耐病性砧苗」、再下面分做兩格，第一格寫「枳殼」，第二格寫「廣東檸檬」。

「統而言之，我們不能坐以待斃，我們要不斷研究，不斷防治，不斷更新……」

一邊說着一邊去付款，還要我陪他去看一場電影，那是新竹戲院上演的「臨時抱佛脚」，是諾曼威士頓主演的，他生性樂觀，電影，他也喜歡看那種喜劇片。

回程，他忽然嚷着肚痛，要進就近的醫院去醫治，我着慌了，正不知怎麼辦好的時候，我忽然又看穿了他的詭計，東門，有一家醫院，正是我姨丈開的，張益可不過是開我的玩笑吧了，我沒理他的，說：

「老張，你肚子疼，你自己進去吧，我有緊要事想趕回家去呢！」

我說聲再見，邁開了脚步，果然，張益可挺直了背脊趕了過來，失望的說：「唔，老吳，就算不打針吃藥，進去喝杯茶總不算失禮吧！你那表妹，叫……唔，叫什麼來着？喔，我記起來了，叫月雲，嗨，好漂亮哦！喂，老吳，我再請客，請你伴她出來吧，到城隍廟吃一頓，再去國民戲院看『珊島樂園』！」

「改天吧，老張，」我逕自走向車站方面：「當你上了班，領到薪水，人家小姐自然會跟着來啦！」

他在搔頭，一直陪我走到車站，等我的汽車開後才戀戀不捨的回他的路去。

× × ×

我的心像十五個吊桶，七上八落，我想放棄毒蛇坑，覺得又有些捨不得。

這天我到附近菓農那裏參觀並聽他們的話。

黃龍病對他們的打擊出乎意料的大，但他們似乎已阻止了黃龍病的蔓衍，有的已接過新穗，獲得康復，有的重新栽植過，成績也不壞。

除了栽培椪柑以外，他們已開闢了新的財源，那就是種洋菇，家家戶戶蓋了一間新的房子，專門從事繁殖洋菇的工作。

他們受到了破天荒的挫折，但他們並不因此氣餒，仍繼續推動他們的計劃，爲增產而奮鬥。

晌午時分我回到毒蛇坑下面的分岔路，左邊是指向我的家去，右邊是通達葉阿茂叔叔的家。

右邊的小徑，好久沒有人走動了，鋪滿了乾燥的落葉，脚踏在落葉上面沙沙作響。

是有許多回憶的山路，黑黑的頭髮，紅紅的面頰，小小的嘴巴……，一個健康可愛的少女的臉龐突然映現在我的腦膜上。

是葉菊妹。

她小我三歲。

當她上小學的時候，我已經四年級的老大哥了，我每天照顧她上下學。

我在新埔完成初中教育，當我到關西讀高農的時候，她才考上了新埔初中。我們都寄宿在鄰近的不同的小鎮上。

假日，我們常常約好了，一同回到毒蛇坑來，有時到山上已經是黑夜了，我們都帶着手電筒，默默的，踏着沙沙的落葉聲回到家來。

有時是雨天，從高大的樹梢滴下來的水滴，巴拉巴拉打在各自的雨傘上，我們聽着雨聲，也聽着那巴拉巴拉打在雨傘上的水滴聲。

……

如今，她們的山和屋子都賣掉了，新的地主還沒有遷來，人去「樓」空，平添幾許寂寞。

我不知不覺走到了她們的破落的土磚屋。

大門是敞開的，我吃了一驚。

我躡足走進大廳去，大廳空蕩蕩的，牆上石灰斑剝，屋角已張了不少蜘蛛網了。第二間是「正間」，牆上還貼着不少女明星的照片，再過去是燻得黑黝黝的厨房。

拐過來，廂房第一間，我止步了，我看見了映在破了的掛鏡裏面的少女的蒼白的臉，驚喜交集的叫出聲音來：「菊妹，原來是妳！」

「啊，嚇了我一跳！」她掉轉頭來了，同時奔了過來，拉住了我的雙手，興奮的叫着：「正雄，是你，怎麼會到這裏？」

「我……我，」我結結巴巴的：「我只是想看看妳住了十幾年的屋子，哦，菊妹，看來妳好像瘦了一點兒了，妳那裏生意不是很好嗎？」

「我不慣，我還是懷戀以前的日子，我懷戀山，也懷戀住在山裏的人……」

「妳不知道嗎？我們也打算賣掉山和屋子，到街上做生意去哩！」

「我正想告訴你一句話，」她放低聲調，異常嚴肅的：「葉菊妹願意做一個種柑仔的人的妻子，不願意做一個做買賣的人的妻子，我請你三思而行！」

「妳的意思？……」我睜大眼睛注視着她，傻楞楞的，眼看一抹緋紅染遍了她的臉頰，說時遲那時快，她摔開我的手，好像一隻野兎子似的，經過厨房、正間和大廳，奔向落葉遍地的外面院子裏去。

好久，我這才如夢初醒的追趕過去。

我明白了，至此，我完完全全的明白了，我要留下來，我要設法勸慰父親，我要設法去征服黃龍病，設法去撲滅毒蛇窟，做一名頂天立地的生產者！

長崗嶺的怪石

那是一段傷心的往事。

惠珠出家去了，接着阿清帶着他的妻兒們離開他而去了，阿清不是個不孝的兒子，他還懇求過不少次要老伙子也一起跟着去，是阿隆伯自己拒絕了。

「阿爸，長崗嶺還有什麼好留戀的？走吧！我們大家走吧！假若再躭下去的話，恐怕全家都要餓死啦！」阿清懇求的說。其實，阿清這一出去，也不是有太多把握；房子要租，開支浩繁，處處都得打過小算盤才敢付出鈔票，但，總而言之，比老呆在長崗嶺要好得多多。

「唔……」阿隆伯低微而略帶悽惶的：「你們……都要走嘛……唔，老伙子總得跟着去嘍！」

阿清在收拾東西，還有阿清的妻子素貞，他們都忙着整理衣服啦，傢俱啦什麼，看樣子，這一決定已經是無法挽回的了！

阿清是個道地的莊稼漢，素貞也是做工做慣了的，他們兩口子到街上，打算做零工過日子，聽說那裏蓋房子的人越來越多起來，是不怕沒有工好做的。

阿隆伯也可以幫人做工，儘管他年紀已夠高。

他有六十多歲了，但還很健壯，田裏的活兒，他像年輕小伙子一般理得頭頭是道，他也自信還能幹幾年甚至幾十年。

但，畢竟，那是自己的活兒，自從阿清長大，把田裏的活兒接過去以後，阿隆伯的地位便從主位給移到從位去，同時，孫兒女們一個接着一個降生了，帶孫子們的工作，無形中落入了他和他的老伴兒身上。

阿清沒有明言到街上以後要阿隆伯也幫人做做工，但那是必須的，食指太多，光是呆在家裏等吃是不行的：「看有什麼適當的工，偶爾幫幫忙……」那是阿清的如意算盤，事實上也理應如此，幹嘛，阿隆伯又沒病沒痛，幫一點兒忙賺點外快，貼補貼補家用，有什麼不可呢？

「阿娥，」那是他老伴兒的名字：「阿清他們要到街上去住了，妳的意思是怎樣的呢？」阿隆伯的聲音相當宏亮，但似乎缺少那股興奮熱情的味兒，語氣裏甚至還帶着絲嘲笑。

「去就去嘛！」老伴兒順從的說：「大家到街上去，到那有電燈的地方，白天夜裏可看看熱鬧，總比住在長崗嶺好多哪！」

——醜婆子！哼！——阿隆伯在心裏狠狠的咒罵起來，可按捺着不使它迸出來：——妳也想到街上去？到那熱鬧的地方去住？妳也想看看熱鬧？哼，大家都會吃驚呢，以爲什麼山妖怪出來，會把妳圍得水洩不通哩！——

話雖這麼說，他可沒有說出來，只是假裝有工做，提着鋤頭便往屋外走去。

現在不是反對的時候嘍，他想，事情早已決定了，早上收拾東西，下午就有牛車來運搬他們的傢俱，街上的房子都租好了，房租也繳納了整整一年份。

那裏也準備了阿隆伯的房子。

阿淸徵求他的同意，不過是種禮貌吧了。因爲，他們得先拆老人家的架床。看樣子，阿隆伯也必須離開這裏，離開他的老家和離開他的土地。

這眞是一塊貧瘠得可以的土地。

屬於第四紀洪積層的赭色土地。

廣袤的高原，平坦的略帶斜坡的全沒遮攔的土地。那好似人家的屋頂，當豪雨降下來的時候，什麼也留不住，冲下去，冲下去，冲得乾乾淨淨。是一片乾乾淨淨的土地。

乾淨得連農作物都長得不好，就算相思樹吧，種下去後也得等好幾年才長到齊人高，彎彎曲曲的，毫無旺盛的氣象。

這就是長崗嶺的寫照。

的確也是那樣，長崗嶺呆板得可以，呆板得眞令人着急。它……有點像全無思想的白癡。

可是，是他住了幾十年的地方啊！

如今，他蒼老了，到他蒼老的一天，忽然說要離開這裏，他覺得有點兒不對勁，是的，陪伴了一輩子的老妻說要離開，他也許不致如此的張惶失措，而今，竟然要自動的離開這塊屬於自己的土地！

阿隆伯把鋤頭放在右肩上，漫無目的的走了出來，又漫無目的的向前走。

屋子裏附近，地勢較低矮，開闢了幾坵田，也許有一兩甲面積吧，只要風調雨順，這幾坵田總會長出稻谷，那也是一家人賴以生存的依據，可惜，三年一小旱，五年一大旱，這幾年的收成情況一直不夠理想，於是，貧窮跟着他們，病魔也跟着他們，使他們焦頭爛額窮於應付。

先是惠珠看破紅塵出家做尼姑去了。

乾旱，貧窮，也使阿隆伯的性子顯得格外的暴躁。

於是，家裏，吵吵鬧鬧，從無安靜的日子。

於是，阿清說要搬到街上去住，丟了這所破爛的房屋和這塊可詛咒的土地。

看來，也唯有這麼辦，才能帶來富裕和幸福。

走過那些水田——留着整齊的乾枯的稻株的田坵——較高一點地方的土地，也曾費了一點工夫，築好了田埂，看來還是一塊一塊的，當水源充足的時候，這裏也可以成爲水田，但彷彿永遠也不曾有過充足的雨水似的，這些地方便成了乾旱的園地，偶而種些特殊作物；如甘薯、落花生等等，後來乾脆改種香茅，但因雨水缺乏，土質過份貧瘠，香茅的成長情形也不怎麼好，至於再高一點的地方，那就全都是原封不動的曠野了，長着些根牢蒂固的茅草以外，很多部份還是露着紅紅的乾淨的泥土，人走得勤一點的地方，顏色比較白，也比較光滑，形成自然的曲徑。

一條小徑直通到一個地方。

那裏的茅草長得茂密一些，走過茅草地區，便可看見一個很大很古怪的石頭。

差不多有半坪濶，上面很平滑，看來有點像人的巴掌，也像人睡的床鋪，走累了，躺在上面，的確很舒服，坐在石頭上面可以瞭望整個長崗嶺的情形，當陽光溫暖，涼風習習的時候，坐或睡在這樣一塊石頭上面，其舒適可想而知。

阿隆伯走到這裏，把鋤頭擱在一旁，逕自坐了下來。

是他常來的地方。

陪伴他一輩子了，打從他知曉一點人事的時候起，他就常來這裏遊玩，在石頭上面跳躍，畫畫，玩牌，或玩玩陀螺、「響管」甚至放紙鳶等等。

長大了，他也常到這裏來休息或工作，譬如做籃子等，他就喜歡把竹篾搬到這塊石頭上面來。

有時吃點心，他也會選擇這塊石頭。

這不是塊平凡的石頭，是有其異乎平常的故事的，故事是由他父親口傳下來。故事發生的時間，連阿隆伯都還沒生出來，但父親講得那麼悽惻，那麼認眞，而且反覆了不知多少次，因此，阿隆伯雖未曾目睹，却像目睹過來的一般清晰、明瞭，連最細微的情節，他都能如數家珍般數說出來。

但他却未曾向年青一輩提起過，把那故事——秘密的故事——一直藏諸心底。

這是個溫暖的日子，石頭給曬得暖暖的。

他坐下，閉上了眼睛。

要離開這裏了，是的，情勢所迫，他必須離開這裏。

他會回來的，偶而，他仍會找到這老地方，這塊奇妙的大石頭，也會坐或躺在這上面。

但，畢竟，他已離開這裏。

那是說他已不屬於長崗嶺。

活了幾十年，住了幾十年，但到頭來，他不再是長崗嶺的人。他將成爲街上衆多的，貧窮的外表不甚整潔的老伙子們之一。

現在，阿隆伯有太多的感慨。

他猛吸了一口氣。

忽然，他彷彿聽見幽幽的粗啞的聲音：「你們……凡是我的子孫們……不要離開這塊土地……長崗嶺終會變成富庶之地……你們會辛勞好些時候……但你們……凡是我的子孫……終會得到幸福和快樂……」

——這個聲音！好熟悉的聲音！——

阿隆伯心裏驚叫着，睜開了眼睛，猛拍了一下石頭，站了起來，望望四周，但他沒有找到那幽幽的粗啞聲音的人，却看到了他的老伴兒，老遠的，踏着細碎的步伐走近來。

——嗨，又是那醜婆子！他想，有些狠狠的別過頭去眺望海岸方面的景象，有一大片蒼鬱的樹林，再過去像粉筆那樣豎着的建築物，那就是白沙屯的燈塔。嗨，成矇矓的暗藍色，好像兩道眉毛那樣嵌在暗藍色的海裏的是兩條大輪船，乍看是停着的，但隔一會兒會發覺它們是徐緩的航行着。

阿隆伯掏出短煙斗，抽起煙來。

「喂，老伙子！」老伴兒在叫他：「阿清他們要拆咱們的床子，你肯不肯呀？他說你沒有肯定表示，他不願意勉強你！」說完，一屁股坐在石頭上。

「妳呢？」阿隆伯沒有回頭，也不是眞心的去徵求她的意見，只是隨便那麼說說。

「去也好，不去也好，長崗嶺缺水，又沒有電燈，到街上去住幾年也不錯！」

「去妳的！」阿隆伯突然咆哮起來：「要去，妳自己去！我可不去！我要留下來！我要在長崗嶺作活！死，我也要死在長崗嶺！」

他差一點沒揮拳頭毆擊過去，阿隆伯母可吃驚了，站起來，本能的跳後幾步，提防丈夫發作，睜大眼睛望着他，好久才怯怯的說：「老伙子，嗨唷，幹嘛，發這麼大的脾氣？不去也吧，講一聲不就得了麼？」

阿隆伯把煙屎敲在石頭上，瞧都沒瞧婆娘一眼，又自顧自的去塡他的煙絲。

阿隆伯母去了，勞累一生的老媽子，背影是那麼乾癟和瘦削。

去吧！阿隆伯想：妳們都去吧！丟了這頑固的老伙子，你們都享受去吧！我老伙子還可以做幾年工，老伙子會靠自己的一雙手，去耕耘，去蒔田，去收割，總不至於白白餓死！

至少，土地是自己的呀！

事情就這麼決定了，阿清帶着他的婆娘和幼小的孩子們，搬到街上去住了，留下一個男孩子是在附近小學讀書的，陪伴老伙子們。

老伙子們？是的，阿隆伯母也留下來，她後來辯解的說：她說想去也不過是句順從的話，她本心那裏有意離開長崗嶺？

「妳……」阿隆伯楞楞的望着她，終於咧開嘴笑了起來：「阿娥，原來妳也沒打算離開這裏！妳沒打算離開我！妳已決心跟我繼續受苦！」

他把他粗壯的巴掌搭在她瘦弱的肩頭上，猛力的搖了幾搖。

老伴兒也望著他，眼眶濕潤了，一顆顆的淚珠沿著黝黑而多皺的面頰流了下來：「跟你，已經受過一輩子的苦啦，乾脆再受幾年吧，直到回轉老家！」

「哇哈哈！」阿隆伯乾笑了幾聲：「喲，像小妹仔似的，好像我委屈了妳！」

阿隆伯說完，把搭在老伴兒肩上的手抽回來，逕自走開了，只說了那兩句話，也不再說下去了，是不能說下去，因爲眼淚也湧上了他的眼睛，再呆幾秒鐘，事情就不妙了。

我委屈了妳？可不是！當時阿隆伯討新娘可轟動一時哪！在長崗嶺，阿隆伯是個大地主的兒子，那時，雨水比現在充足多呢，他是長崗嶺數一數二的大財主。

那一天，花轎抬來了如花似玉的新娘，命運註定，她要享受一輩子，可是誰知，連年的旱魃給長崗嶺帶來了厄運，長崗嶺凋零了，土地長不出東西，人也逐漸的遷走，留下來的，就得決心挨餓挨苦！

他們留下來了，於是他們在饑餓的邊緣掙扎。

還有日本人貪不饜足的搾取。

於是，他老了，而她也變得枯瘦和醜陋，難道他能怪她枯瘦和醜陋？嗨，別談啦！

阿清搬走了之後，他們的房子空下來了，只有一堆垃圾在房子裏，屋頂下有許多蜘蛛正在張著網。

阿隆伯走到正廳，正廳也顯得空蕩蕩的，有幾張破椅子以外還有一只用舊的木造舂臼，那是以前用以舂米的器具。他頹然坐在竹椅上。

左手，靠著牆壁，放著一張高脚神桌，上面供奉著祖先的神位，他瞅著那些，楞楞的，楞楞的。

我的抉擇對麼？他在心裏問問祖先，祖先並沒有動靜，但他彷彿看到祖先首肯的姿態並聽到鼓勵的聲音。

他搖頭，苦笑，吸吸嘴。

前途是茫然的，他不知如何是好。

忽然，一聲清脆的叫聲：「阿公！」

他側頭，看到年興背著書包，是剛從學校回來，臉頰給晒得紅紅的，衣褲都沾著不少泥粉，尤其屁股，髒得像什麼似的。

「噢，年興！」他驚喜交集的一把摟抱過來，撫摸著孫兒的頭；「你爸媽都遷到街上去住了，還有你的弟妹們，你也要跟著去麼？」

「我才不想去哪！」年興斬釘截鐵的回答他：「我在學校有很多要好的同學，我爲什麼要離開他們呢？再者，我也去了，阿公和阿婆不是太寂寞了麼？我要跟阿公阿婆做伴！」

「好！好！眞是乖孩子！嗯，叫你阿婆煮飯給你吃吧，還有每天的便當。嗯，留在長崗嶺，生活要苦一點，但總得挨過去，不是麼？」

「我會幫忙阿婆煮飯，餵豬和趕鵝！」

「好！好！眞是個好孩子！」

阿隆伯笑開了，站起來打算去播種。眞是的，幹嘛，要氣餒？苦日子，已經挨過了幾十星霜了，再苦也苦不死這老伙子啦！

幾年過去了，

阿隆伯更蒼老了。

年興考上了附近的初中，每天騎著自行車上學去。苦，儘管苦，日子總算熬過來了。

這一天，阿隆伯又呆坐在怪石上面。

他掏出了短煙斗，把康樂煙接上去，點燃，優游自在的呑雲吐霧起來。有點兒炎熱，他沒有把笠子拿下來，陽光照射，臉上濛上了暗暗的影子。

他挑挑眉毛。

並不是不舒服而是看見了一樁奇妙事兒。

有幾個年青人，有的揹著紅白間隔的竹棒，有的拉著長長的竹篾，還有一個人揹著挂上長脚的木板，木板上面是望遠鏡一類東西，他們逐漸挨近來了，把紅白間隔的竹棒豎得直挺挺的，拉竹篾的就去拉竹篾，看「望遠鏡」的就去細心觀察著望遠鏡，又細心的記錄在固定於木板的紙張上。

拉竹篾的嘀咕幾聲，觀察望遠鏡的就記錄上去，然後說聲「歐開」，又向這邊挨近來。

那是比石頭更高一點的地方。

阿隆伯好奇的走過去，觀望了些時候，最後他忍不住問了一聲：「嘿，你們，到底在做什麼啊？」

「到底在做什麼！」那看「望遠鏡」的認眞看了一下望遠鏡，用三角尺畫了幾條線，這才回答他的話：「我們在測量！」

「測量？測量什麼啊？」阿隆伯又問。

那看望遠鏡的已把工作弄好，把笠子往後腦杓一推，掏出手帕擦擦汗，又從胸袋裏抽出一支雙喜煙含在口裏，另外抽一支遞給阿隆伯，說：「抽煙，老阿伯！」

阿隆伯把煙接過來，那技師還用打火機點燃了他的煙，阿隆伯就深深的吸進了一口，情不自禁讚美了一句：「好煙！」

那技師也開始抽煙，笑嘻嘻的望著他。

技師答非所問的反問他：「老阿伯，這是你的土地？」

「是啊，一塊荒埔！」阿隆伯靦腆的攤攤手。

「一塊荒埔？哼，你當眞全不曉得？」

「什麼曉得不曉得啊！」

「這裏會變成饒田啦！」

「什麼？你說什麼？」

技師拍了一下阿隆伯的肩膀，一個字一個字清晰的再說一遍：「這裏就要變成饒田啦！大嵙崁那邊正在建築大水庫，我們要把那水庫的水引到這裏來！」

「當——眞——的？」

「你不信？……唔，這樣好嗎？老阿伯，你總共有幾甲地？」

「十甲。」

「十甲！好濶！嗯，我一甲地出五萬元跟你購買吧，十甲地五十萬元！」

「唔……賣土地嘛，我是不願意的……」

「什麼願意不願意！假若沒有石門大圳的水引到這裏，你這十甲地光送給我我還嫌累贅哪！」

「啊哈！」阿隆伯莫名其妙，但卻快活得大笑特笑了起來，那年輕的技師也再拍了一下他的肩膀，也啊哈大笑著，就開始做他的工。

測量隊測量過的地方都打下了木樁或竹枝做記號，一直一直往南的方向延伸而去。

阿隆伯簡直不曉得怎樣渡過這天下午的，總之，太陽下山了，大紅大紅的太陽，嗨，這一年正是大旱年哩！

吃晚飯的時候，對著老伴兒和年興，阿隆伯大聲的說：「嗯，你們信不信啊？」

「信什麼？」老伴兒白了他一眼。

「聽說這裏就有水圳通來了，是石門水庫的水，長崗嶺這麼高，水圳的水怎麼可以通上來呢？」

「我不信！」老伴兒冷漠的下了斷語。

「這倒是眞的喲，阿公阿婆，是眞眞實實的事哪！」年興用高尖的聲音。

「我可不信！」阿隆伯自己也否定了自己的問話：「沒這麼容易的事，他們不過是奉命測量測量吧了，水能不能來，必定還在未知之天！」

年興很樂觀：「我想一定是可以的，這次建造石門水庫，目的就是爲了較高地方的灌溉啊！」

「倘若眞實的，」阿隆伯來個假定：「那麼我們該謝天謝地啦！」

晚飯後的時間，年興要在大廳裏自習，桌上放的是一只帶玻璃蓋的煤油燈盞。

通常，阿隆伯不喜歡年興饒舌，只希望他專注精神的去用功，阿隆伯總是默默的抽他的短煙斗。

但今夜，阿隆伯倒很想聽聽年興講故事，講那有關石門水庫的，有關石門大圳的，以及有關長崗嶺的灌溉系統的，而年興偏偏默不作聲，忙著他的功課。

看來，年興知道的也很有限。

阿隆伯索然無味的回到自己的房間裏。

收拾好晚餐，阿隆伯母也來了。

還很早，但他們都躺在床上。

阿隆伯把手臂伸過去，把老伴兒的身子一把摟了過來。

「唉喲，我疲倦得很哩！」阿隆伯母嬌嗔着。

「唔……」阿隆伯發生呻吟聲，其實他也沒打算把她怎麼樣，只那樣摟緊着望着她的臉。

他喜歡聽她均勻的呼吸。

他喜歡看她憔悴而蒼老的臉龐。

蚊帳外面靠牆壁的桌子上，一盞小煤油燈還在發著幽微的光。

「妳信不信，阿娥？」阿隆伯又不着邊際的發問。

「信什麼？」阿隆伯母睜開了已經闔上了的眼睛，有些慵倦的打打呵欠。

「就是那水圳嘛，妳信不信它眞的會到我們的土地來？」

「我不信！」阿隆伯母重申她的意見。

「可是那技師爲什麼說那種話？說要出五萬元買我們一甲地，我們有十甲地，如果全賣，可賣到五十萬元呢，嗯，阿娥，倘若眞的有人買我們的土地，妳贊成賣掉嘛？」

「我不贊成賣土地，賣的錢要做什麼？總有花光的一天，土地留着，子孫可以享受。」

「假若水圳來不成，留着土地做什麼？又不能當飯吃？」

「唔……」阿隆伯母語塞了，她又打了個呵欠。

阿隆伯沈默了一會兒，這才嗤嗤笑出聲音來：「阿娥，妳記不記得那件事？」

「什麼事？」

「我們的土地，一半不是租給阿根頭的麼？當政府實施土地放領的時候，阿根頭退租了，他說寧願到街上做工，不願意在長崗嶺耕田，雨水不足，勞而無穫，每年還要應付不少的稅款，於是，大家的田都放領了，我們的土地卻放不出去……」

「沒出息的土地嘛，誰要？」

「倘若水圳來了，那阿根頭就要後悔啦！不過，我還是希望他回來分耕的，我們留着五甲地已經很夠很夠了，租給阿根頭的部分，我們可用三七五的方式同他收租。」

「……」

「倘若水圳來了，也該叫阿清和媳婦她們回來了，還有出家去的惠珠，最好也勸勸她歸俗，這裏需要很多很多的人工，當然，阿根頭我們也要他回來合夥開墾，越快越好，當水圳通水的時候，我們才能趕得上……」

「……」

「倘若水圳來了……，喂，阿娥！」

「……」

阿隆伯這才發覺老伴兒已發出了輕微的鼾聲，安祥的睡着了，他苦笑了一聲，把略感痲痺的手臂抽了回來，起個半身，把一隻脚踏在床外下頭，吹熄了煤油燈，這才平靜的躺回去，心裏仍不住的想着那：「倘若水圳來了」的問題，樂得像什麼似的，直到東方天空發魚肚白的時候才矇矇矓矓的睡去。

果然，沒多久，長崗嶺熱鬧起來了，挖掘水圳的工人們一批一批的來，分段而迅速的挖掘，把紅紅的泥土堆在兩邊，也開來了一大隊團體青年，紮着草寮，從早到晚，連雨天都不休息，忙着趕工，幾個月過後，水圳眞的完成了，這才運來造三合土的機器，攪拌三合土，鋪了上去，於是水圳像新的白血脈管，貫串長崗嶺。

水圳上面也橫掛了不少小橋，通水溝一類建築物。

然後，另一批人來製造輪灌用的分水閘，也挖掘了像末梢細管一般細小而周到的小給水溝。

里長說水圳都來了，也該牽牽電燈了，於是大家出錢，把電燈都牽來了，新的白白的電燈桿沿着水圳從街上延伸而來，直通到長崗嶺每一個家庭。

大放光明了，阿隆伯的家。

有人還購買了收音機、電唱機甚至電視機。

土地不住的被開墾着，嶄新的泥土也帶來了嶄新的氣象。

阿清、媳婦、阿根頭等都在開墾的行列中。

他們想把那怪石頭也挖走。

阿隆伯不贊成，他站在上面，表情十分嚴肅的說：「我不曾告訴過你們，阿清，關於這塊石頭的故事，但今天我要告訴你們這個故事……幾十年前，當日本軍來了，許多人去抵抗，你的曾祖父也是其中一個，他們在大料崁、龍潭陂、安平鎮、楊梅壢，還有大湖口等地，步步爲營，去阻擋日本軍的南行，戰鬥很激烈，給日本軍很大的創傷，我軍，很多人陣亡了，也有不少人重傷，你的曾祖父身受重傷，獨自潛回到長崗嶺來了，到這塊石頭，他不能動彈了，是你祖父發現的，曾祖父奄奄一息，若斷若續的告訴你祖父：『你們……凡是我的子孫，不要離開這塊土地……長崗嶺終會變成富庶之地……你們會辛勞好些時候……但你們……凡是我的子孫 ， 終會得到幸福和快樂……』說罷，曾祖父嚥下最後一口氣！」

「原來是這樣！」阿清吁了一口氣。

「所以，」阿隆伯揚高聲音，隆重的宣佈：「我不許你們動這塊石頭，不過是幾坪濶吧了，我們要保留着，好讓每個子孫都知曉這故事，也好到這塊石頭來印證，這，總比多種幾株稻子要有意義吧！」

「一點兒不錯，那麼阿爸，我們先做別的工去吧！」

「是的，我們都去吧！」

他們沒有留戀在那裏，他們必須勤勉的做工，因爲，這才是祖先的意思。

試論鄭煥作品裏的土地、死亡與復仇

彭瑞金

一、嗜寫農民的鄭煥

鄭煥的文學經歷，一如多數的戰後第一代作家。他出生於一九二五年，與鍾肇政，葉石濤、張彥勳同年，並稱臺灣文壇的四丑將，但文學經歷與鍾肇政比較接近，終戰前接受過完整的日本教育，戰後才開始從中文的最基礎學起，大約經過十年後，一九五六年開始發表作品，又大約在經歷過二十年「艱苦孤寂」的寫作生涯，而達到創作的顛峯期。

從一九五六年迄一九七二年止，鄭煥的寫作主要以小說爲主，十六年間是鄭煥的主要寫作年代，其間，完成中短篇小說數十篇、長篇小說四部，計約百餘萬字。鄭煥出生於農家，畢業於日據時代的宜蘭農林學校，戰後也回到桃園鄉下，長期過著「晴耕雨讀」、典型的鄉村知識份子生活，也是實際在泥地裏從事耕作的農夫。這樣的經歷在戰後第一代作家中是獨一無二的，除了農業的專業知識外，更具備與泥土沒有距離的眞切感受，這使得鄭煥的農民小說有著別人無法能及的深入。

嚴格說來，戰後第一代作家的作品都沿襲了日據時代臺灣文學主要的寫實風格，無論他們所處的環境和從事的職業，有著多麼大的差異，但就整體的大環境條件言，戰後第一代作家的寫作都未脫離農業社會的大前提；鍾理和是他們之間，最富有農民靈魂的作家，因爲他的作品表達了農民的生存形式與自然環境如何調適的生活哲學，鍾肇政的小說保存了農業社會人群生活的習俗與風貌，葉石濤的小說記錄了農業社會特殊的一角景觀——地主家庭……，有的是闡發性的，有的是記錄性的，有的是反思批判，有的是抽樣。鄭煥的農民小說却仍然能從這樣濃密的農民文學時代中，找到獨樹一格的農民文學空間。

主要的，鄭煥的農民小說，拋開了哲學的理想主義色彩，也拋開了文學的浪漫情懷，進行農民實務的素描，他寫的是農民如何生活，如何生存。鍾肇政說：「在鄭煥筆下，可以說是眞正農夫的人物經常出現。……眞正的農夫，是土生土長，生於泥土，長於泥土，工作於泥土，也卽將死於斯土葬於斯土的農夫，而不是透過知識份子的眼光所觀察、所體會，而後所塑造出來的那種農夫。」值得特別注意的是，由於鄭煥沒有塑造這些農民，而使得這些農民的原味十足，農民以及農事，具有自然流露的表達特性。就狹意的農民小說而言，鄭煥是戰後第一代作家中，最純粹最專注於寫農民的農民作家。但卻可以從同時代同背景並非專注的農民文學找到驗証，証明鄭煥的農民描寫純度。鄭煥與鍾肇政同齡，同是桃園的客籍作家，開始寫作的時間也幾乎相同，他們作品中有關農民描述的同質性，應有相互印證的作用。所謂農民文學，也就是以人與土地的關係解釋生活的文學，值得檢討的是，不同作者的不同解釋角度，賦予農民不同的面貌。

二、不離開土地的、終會得到幸福快樂

〈長崗嶺的怪石〉是鄭煥較早期的作品，是頗富象徵性的一篇作品，它奠定了作者農民小說的雛型。阿隆伯的祖父參加抗日戰爭，身受重傷潛回長崗嶺，就在怪石旁嚥下最後一口氣，臨終遺言：「凡是我的子孫……不要離開這塊土地，……長崗嶺終會變成富庶之地，……凡是我的子孫，終會得到幸福快樂……。」事實上，曾經創造過數一數二大地主的長崗嶺經過旱魃連年，幾已成爲沒有出息的不毛之地了。女兒惠珠看破紅塵出家，兒子阿淸在小鎭租了房子準備搬出去打零工過日子。即使阿隆伯對長崗嶺有太多的回憶和留戀，也不得不承認這塊廣袤的高原，經過豪雨沖刷，已經變成「一塊貧瘠得可以的土地，屬於第四紀洪積層的赭色土地。」、「是一片乾乾淨淨的土地。」，乾淨

得長不出農作物，就算種相思樹，也要好幾年，才長得齊人高。但對阿隆伯而言，已經在這裏住了幾十年，他是屬於這裏的，小時候，在怪石上跳躍、遊戲、畫畫、玩牌、玩陀螺、響管或放紙鳶，長大了，他也習慣在怪石上工作休息，或來這裏做籃子、吃點心。當長崗嶺成爲「可詛咒的土地」，阿隆伯對它的留戀不捨，理由無疑是神秘的、具有宗教般虔誠的不可以常理解。

作者對阿隆伯無法拿定主意是否跟著阿清下田打零工，點出了被時代遺棄的老農的窘困，老農對土地的戀情敵不過現實的殘酷，因爲已凋零的長崗嶺不曾提供他一絲希望，他只能以咆哮拒絕向現實投降：「我要留下來！我要在長崗嶺作活！死，我也要死在長崗嶺下！」鄭煥的土地觀就是這麼單純，他有意藉阿隆伯這樣的老農民，解釋農民對土地深不可言的感情，早已超越利得與愛憎。

〈餘暉〉裏的「阿水伯」爲旱田踩龍骨車踩得天旋地轉、暈倒在河水中，其實田地回報他的是什麼？日據時代因繳不出滿意的「供穀」數量，被警察打昏了再潑水，還關了二十九工。戰後，仍然逃不過天旱的災厄，媳婦受不了苦跑回娘家。

〈毒蛇坑的繼承者〉則更露骨地指出，吳正雄一家人付出慘痛的代價，仍拒絕「平陽」的召喚，堅決不肯放棄的毒蛇坑，根本就是難以討生活而且充滿危險的蛇窟。吸引吳家留下的，既不是利的誘惑，更沒有神秘可言，揭穿了不過只是對一種生活方式的不屈而已。鄭煥的農民小說保存了「逢山必有客，無客不住山」的客族人山居生活方式的傳統，他的農民，嚴格說來，只是赭色高原上的山的子民，種的是看天的山田，這樣的乾旱之田，並生不出什麼綺思幻想，對一種生活方式的堅持，才是作者主要的，闡釋人與土地關係的重點所在。

雖然阿隆伯的土地因爲水庫的興建和大圳的開闢，一夕之間成了良田，地價暴漲而翻了身，阿水伯也因爲接通了電，有「新三東牌」的抽水馬達代替踩水車，吳正雄則帶著根除柑橘黃龍病的訣竅回到毒蛇坑，然而這些「光的尾巴」顯然是不可預期的，也是不被預期的意外，值得注目的是鄭煥解釋人與土地關係的觀點。誠如所有第一代作家的努力，鄭煥嘗試以這樣的觀點表達一種生存的形式，不過這和吳濁流的《亞細亞的孤兒》，從土地的主權、所有權去思考，以及鍾肇政的《濁流》賦予土地形而上的意義的表達方式，顯得截然不同：鄭煥筆下的農民堪稱與土地的關係是水乳交融的，也是最樸素的，包括對土地的毒與害都照單全收。

有過短暫山地部落生活經驗的鄭煥，也是少數取材原住民生活題材寫作的開路先鋒。〈茅武督的故事〉、〈崖葬〉、〈猴妹仔〉都是具有原住民生活色彩的作品，這些作品最能表達人與土地交融的觀念。〈茅武督的故事〉裏的沙里蘭之子並不知道自己有半個原住民的血統，却自然表達了「貪玩的野孩子」的本性，騎了馬就能在山野裏奔馳。

〈崖葬〉裏的意沙木也是高山的子民，當他意圖背離山地和他的瑪莎可時，操縱命運的神「貓尻」立刻對他下達教訓的旨意。其貌不揚的「猴妹仔」，無論是到蔗廍討糖、河裏釣魚、山上捕鳥、捉穿山甲，靈巧、神妙，充份顯現了人與土地自然之間的巧妙諧和。

三、從虛無到死亡

當然，從這些作品的背面，也可以發現與土地不諧和的突兀，那就是死亡。依比例言，鄭煥的小說可以說充滿死亡的訊息，有相當高比例的作品以死亡做結，或許這是由於作者處在一個無常的時代，人命危淺，而有的自然反應，或許那根本就是現實予人的感受，然而更值得注意的是，死亡背後散發的無可肯定的虛無感佈滿鄭煥的小說中。

「毒蛇坑」的阿明，向蛇窟挑戰的結果被毒蛇咬斃；茅武督的根本所長，姦淫同事之妻，下場是死；〈猴妹仔〉裏的偷牛賊紅瓦窯的結局也是血淋淋，作威作福的渡邊巡查遭遇更慘，可謂是家破人亡。鄭煥的農民觀點，固然正面闡釋了人與土地的緊密關係，但也在不知不覺中建立了對背離土地與農民生活方式的生活做了主觀的價值判斷。鄭煥雖然不會在言詞上正面表達這樣的價值觀，而實際上這樣的價值觀却貫穿著鄭煥的作品。附寄在這種價值觀之的後就是死亡。

戰後臺灣小說處理死亡的題材，從第一代作家以降，有逐漸遞減的趨勢，易言之，死亡在第一代作家的作品中是相當普遍的題材，或許是由於那是動亂感傷、生命無常的時代有關，有人認爲那是日本文學留下的影子，鍾理和的《笠山農場》、〈復活〉出現死亡，鍾肇政的〈大嵙崁的嗚咽〉、〈中元的構圖〉、〈大肚山風雲〉，文心的《泥路》，陳千武的《獵女犯》……，都是認眞探討過死亡的作品，不過，鄭煥恐怕是他們之中唯一把死亡當做一種文學思想來處理他的作品的作家。換句話說，鄭煥近乎泛濫地以死亡處理小說人物的方式，不但以死亡含有道德的價值判斷在裏面，而且也顯現了鄭煥對生命的虛無感。

四、死亡、罪與罰

在鄭煥筆下有人爲愛情付出生命——〈鵝公髻山〉、〈崖葬〉，有人爲自己的醜行付出生命——〈異客〉，有人爲自己的惡行或罪付出生命——〈渡邊巡查事件〉、〈猴妹仔〉、〈重叠的影子〉，有人爲理想執著付出生命——〈毒蛇坑的繼承者〉，〈沖繩歸舟〉則有爲國家民族視死如歸者。死亡對許多人物而言，是結局也是結淸舊帳的意思，另一方面也有懲罰、贖罪的意思。鄭煥顯然以爲生命的終結與消失是可以貫穿幽冥與人世的天秤，它代表嚴厲的懲罰，因此，當死亡被廣泛而普遍應用後，即成爲一種哲學。〈異客〉裏利用一段二十幾年前的感情隱私勒索成功的「阿亮嫂」，當天即酒醉墜崖死亡，渡邊作威作福、猥褻良家婦女，結局是因酒醉當著外人、子女面前行房，渡邊夫人忍無可忍殺了丈夫再自殺；〈茅武督的故事〉也是寫淫人妻女的日本警察——根本所長，被自己的警察同僚若尾殺死的故事。

鄭煥的虛無生命觀和顯現生命正義的死亡交集在一起，結合成了他的復仇主義；〈異客〉裏「阿亮嫂」等到「阿海叔母」年輕時被人強姦生下的孩子長大成人的結婚喜事宴時，才出面勒索了「兩車谷」（兩千斤穀子），答應繼續保守秘密，不想冥冥中自有報應，帶著五千元鈔票墜下山崖死亡。雖然，這種託諸神旨的懲罰、報復，和渡邊或根本的現世報不同，但以死亡爲復仇的終極形式却是一致的。六〇年代的鄭煥作品，已經可以找到這種從土地（山）到死亡的人生軌迹，他寫道：「山是柔順的，但有時會表現得非常殘酷，尤其當你懦弱、自卑、缺乏朝氣時，她特別喜歡伸出一隻脚，把你猛然絆倒。但山畢竟是深藏的，當這一切過去以後，她仍會恢復本來面目：嚴肅、寬和，她包涵一切，融和一切……。」——〈異客〉。鄭煥對山的釋意，把生命牽繞在神秘的復仇主義，以爲人的意志力才是排除生命障礙最可靠的力量，當人懦弱、自卑時，生命即可能被那不可知的力量趁虛侵襲。

七〇年代的鄭煥作品，明顯地加強了這種神秘力量的解說，最具代表性的就是〈湖底人家〉這部十餘萬字的小說，描寫一個始終擺脫不了神秘力量控制的世界，也是鄭煥詮釋人生的神秘最富代表性的作品，他充分利用了蛇的神秘性。此作敍述一個被委派到安坪工作的水土保持員李文雄，偶然認識了詹惠貞，而且成了她家的房客，詹惠貞、惠美姊妹是隨著母親嫁到秦家的拖油瓶，秦家的主人阿習伯，在詹母被毒蛇咬死後，有意要把惠貞和「身心長得不夠健全」、「有點傻兮兮的」老大火木送做堆，可是惠貞愛上了水土保持員，不幸秦火木爲了進隧道抓蛇，碰上落盤被壓死，火木、火土兄弟靠捕蛇賺外快，一籠籠的毒蛇就養在床底下，李文雄住進去的第一晚，便做了被毒蛇咬到的惡夢，李文雄救援火木不及，被誤認爲故意害死火木。火木死後，惠貞成爲火土渴望的對象，而妹妹横刀奪愛又搶走了唯一的農專畢業生李文雄，柔順服從的惠貞竟也選擇死，以反抗這不如意的婚姻。惠貞死後，火土放出毒蛇想害李文雄不成，反被毒蛇咬死，家破人亡後，阿習伯遷離安坪，却在無緣無故大風雨回鄉時失踪，水庫築成後，阿習伯一家人的墳與家園都淹在水底了，成了名副其實的湖底人家，其實，李文雄也有一段妹妹死於毒蛇的慘痛記憶。

這個環繞著死亡與復仇的陰翳故事裏，蛇的詭譎陰濕，具有強烈的暗示作用，鄭煥的小說，不厭其煩地寫到蛇，相信不僅僅只是類似毒蛇坑那樣的山居印象的自然浮現，在潛意識裏蛇的詭異，已經成了鄭煥對生命不可知不可解部分的代替符號。雖然鄭煥並不曾明白以因果報應來解釋他的文學人生，但與其說果報不如說冥冥中自有如蛇般狡猾的一種力量操控著生命。七〇年代以後的〈蛇戀〉、〈黑潮〉、〈重疊的影子〉、〈蛇果〉……，神秘的生命宰制力量被格外強烈的凸顯出來。〈蛇戀〉寫阿龍答應以四車谷給紅毛仔，紅毛仔冒折壽的危險請動地神，蠱惑阿桃和他結婚，事成之後，阿龍食言，但也逃不過地神的報復。

〈重疊的影子〉寫始亂終棄的男子，跑到女友被火車輾死的地方渡蜜月，因擺脫不了重疊的影子而摔死。〈黑潮〉寫移情別戀、甚至慫恿新男友殺死舊男友的女子，也終難逃復仇者的手。〈蛇果〉裏被丈夫阿河惡意遺棄在山裏的阿玉，把她的恨和怨轉移到門口的菓樹上，她以特製的「肥料」澆灌在菓樹上，「每隔一段時間她都要活抓那個頑強的可怕玩意兒，希望牠的可怕特質會轉移到那棵植物上面。」以蛇毒灌溉長大的菓樹，花開得很艷麗，散著誘人的芳香，阿玉只留下兩朵，多餘的花摘了給鷄吃，鷄立刻死掉。「瑪雅嘉泰」來的時候，阿玉的菓樹結了兩只奇妙而美麗的菓實，要留給阿河和他的女人吃；一個左臉頰有新疤痕的陌生男人阿新找到阿玉，要了阿玉，吃了阿玉的菓實，並且告訴她，他已經殺了阿河和他的女人，也就是阿新的老婆；阿玉聽了，張開大口，狠狠咬了另一顆菓實。

五、未完成的缺憾世界

設若把〈蛇菓〉做爲鄭煥與復仇意識糾葛的終結形式，似乎可以歸結出另一種平實、務本、追根溯源的根土思想，無論從正面的、抑或反面的，鄭煥的文學之根，都可以從泥土意識裏找到。不可否認的，山居生活是貪窮、寂寞、勞苦，甚至危險的代名詞，但背棄它的，褻瀆它的，必遭報應，鄭煥在小說裏的確逐漸把與土地相合的山居生活，視爲篤實，正經生活同義詞，因此，七〇年代後，山居的定義可以從山顚移至海陬，定義不變，背棄禿頭灣的美蘭，發覺「打漁的人令人羡慕」、「眞願意回到昔日的生活」時，只能以浮屍出現在海灘了。（〈禿頭灣的海灘〉），〈炮仔樹〉的繡雲，〈小船與笛子〉裏離開瘋寮村的紅蘭，也都是一旦離根便再也回不來的例子。也許鄭煥解釋的人與土地關係並不嚴密，甚至也不具備意識型態的設定，却也可能更自然貼近農民的世界。當然，鄭煥的文學並不缺少浪漫的質素，只是抛開這層糖衣，從傾向虛無佈滿死亡幻影裏，還是可以發現這些作品與土地糾葛纏繞的結，就是原始的農民生活情懷。

就鄭煥的寫作歷程看來，他和臺灣文學史上臺灣作家放了銃就跑的寫作性格是一致的，從具有穩健的寫作風格開始，投注在文學創作上的時間大約是十年左右，以鄭煥的小說內容言，可以肯定鄭煥文學充滿無數的可能，可惜他那些極富特色的作品，只能算是未完成的休止符，七〇年代鄭煥迫於生活，離開山村，也離開文學，自稱是文學界的一名逃兵，相信鄭煥自己也有這樣的自覺——尚有未完成的寫作事業，從土地與人交融的關係到土地的復仇、反撲，所隱喻的生命現象，可以視爲鄭煥做爲作家的思想逐漸成熟，也益趨具體的証明；鍾肇政也是經歷不短的尋尋覓覓之後，再找到自己「想要寫的」作品，鄭煥所缺的，正可能是這樣的臨門一脚，因而也欠缺了賴以寫下去的依據。

其實從鄭煥作品中，所能得到的，他對土地、虛無、死亡等意念，並不算是層次井然，或是具有邏輯次序可以條理化的世界，但的確可以看得出來，鄭煥所伸出的探索觸鬚，可能構築一個具有獨特風格和內涵的文學世界，然而，儘管在文學上，它還是零散，有待組合的世界，而且無法假手外人越俎代庖，但仍然感受得到鄭煥意欲展示的是一個處處充滿缺憾的殘破人生世界，面對毒蛇、死亡、勞苦的人生，或許學習擁抱土地的農民，是一種可行的人生態度吧！或許這就是鄭煥的文學之源。

鄭煥小說評論引得

許素蘭 編

說明：

1. 本引得之依發表或出版日期先後順序排列，以一九八九年十二月卅一日以前國內發表者爲限；若有海外出版者，列爲附錄。
2. 本引得之蒐集，以小說評論爲主。
3. 若有舛誤或遺漏，容後補正。
4. 本引得承蒙國立中央圖書館張錦郎先生提供部分資料，謹此致謝。

目錄

篇名	作者	刊名	卷期	出版日期
論鄭煥《茅武督的故事》	林柏燕	幼獅文藝	二九‧六	一九六八年十二月

鄭煥生平寫作年表

鄭煥　編

一九二五年　1歲　本名鄭煥生。二月十二日生於桃園縣楊梅鎮高山里（舊稱高山頂）一座傳統三合院客家式建築的農家。父親鄭阿壽，母親傅阿妹，爲其長子。

一九三〇年　6歲　四月，就讀楊梅公學校。

一九三六年　12歲　三月，楊梅公學校畢業，隨即轉入該校高等科就讀。

一九三八年　14歲　三月，高等科二年級畢業，考上臺北州立宜蘭農林學校。

一九四二年　18歲　八月，四年級暑假隨同學鄭君自關西坐臺車到茅武督（現稱錦山）參觀。對當地景觀留下深刻印象，成爲日後撰寫〈茅武督的故事〉、〈猴妹仔〉、〈渡邊巡查事件〉等篇之地理背景。當時因戰局吃緊，盟軍飛機轟炸頻繁，各地糧食匱乏，長期營養不良，導致身體外強中乾。

一九四三年　19歲　三月，宜蘭農林學校畢業。（事實上爲因應社會人才需求，自去年十二月五年級第二學期終了以後即停止上課）

五月，服務於楊梅街役場，任職「增產技手」。巡視農村，與農民接觸，負責輔導其農技，記錄產量等工作。

一九四四年　20歲　八月廿日徵召爲警備兵，服務於大園軍機場附近，以知識分子的名義被編至「指揮班」

一九四五年　21歲　擔任文書工作。（當時一個中隊約五百名的臺灣青年，實際上是受軍事管制的勞工）

五月卅一日，沖繩島陷落，盟軍飛機轟炸轉劇，目睹戰友相繼陣亡。隨後被調至林口中隊，伙食待遇更差，受盡折磨。

八月十五日，日本宣佈無條件投降，一個月後解甲返鄉。恢復上班，未幾遭遣散。

開始於楊梅街上學習國文。

一九四六年　22歲　一月，開始在位於臺北市八德路口的公賣局臺北酒工廠服務，負責米酒製造工程。夜間勤習國語文。

一九四七年　23歲　三月，辭離臺北酒工廠。

一九四八年　24歲　八月，楊梅初中創校，任職於該校庶務組幹事。

一九四九年　25歲　十月，辭離楊梅初中庶務幹事職務。從此過著日出而作日入而息的農夫生活。其間是此生最低潮暗淡的時期。

一九五二年　28歲　一月，與龍潭鄉鍾連喜小姐結婚。岳父鍾會可爲當時草漯國校校長，妻兄鍾肇政爲龍潭國校教師。農閒時間進附近的漢學堂學習三字經、昔時賢文、論語等書，對紅樓夢、三國演義等經典書籍亦多有研讀，並勤修寫作技巧。

一九五四年　30歲　一月廿日，長女莉莉出生。

一九五六年　32歲　九月廿九日，次女小鈴出生。

這時開始將作品，如〈中元〉、〈平安戲〉、〈農村春節〉等描寫民俗的短文及小品文〈上內港去〉、〈初夏話蘭陽〉等篇在《臺灣新生報》副刊等報發表。

一九五七年　33歲　五月，參加省農林廳主辦的酪農訓練班，於臺大畜牧系受訓二個月。對乳牛飼養及畜牧知識略有心得。

一九五九年 35歲 二月廿一日，長子石斌出生。

一九六一年 37歲 去年九月貸得的二頭乳牛相繼死亡，從此脫離酪農生涯。同時文藝創作漸入佳境，徵文比賽亦偶有收穫。

三月十四日，次子石勤出生。

一九六三年 39歲 二月十六日，三子石覺出生。

九月，臺語古裝劇〈奴龍崗故事〉在電視臺播出。

一九六五年 41歲 八月，發表短篇小說〈珍珠谷〉於《幼獅文藝》。

十月，第一本短篇小說集《長崗嶺的怪石》，包括〈長崗嶺的怪石〉、〈被淹沒的海灘〉、〈劍道教室〉、〈好望坡〉、〈渡邊巡查事件〉、〈八塊厝故事〉、〈天涯若比鄰〉、〈陣前飲恨〉、〈餘暉〉等篇，由幼獅書店出版。

一九六六年 42歲 九月，發表短篇小說〈暴風雨〉於《臺灣新生報》「牆裏牆外」欄。

一九六七年 43歲 以酪農的生活經驗寫成〈女酪農〉（原名〈啓明嶺〉）自三月廿九日至七月十三日，共一〇六回於《臺灣新生報》副刊連載。

一九六八年 44歲 七月，長篇小說〈蘭陽春夢〉發表於《文壇》雜誌。

八月，擔任臺灣東電化（TDK）楊梅廠臨時通譯員，是戰後與日本人及日本產業的第一次深刻接觸。

九月，中短篇小說集《茅武督的故事》，包括〈茅武督的故事〉（中篇）、〈沖繩歸舟〉（中篇）、〈嗚咽的茶葉〉（短篇）等篇，由水牛出版社出版。〈茅武督的故事〉是

一、二年前在中央日報副刊連載過的中篇小說。
十月，短篇小說集《毒蛇坑繼承者》，包括〈蘭花的故事〉、〈八仙街〉、〈產科醫院〉、〈毒蛇坑的繼承者〉、〈池畔故事〉、〈大料崁的狂流〉、〈崩山記〉、〈溜池邊的防空壕〉、〈咫尺天涯〉、〈小窗的故事〉、〈山徑〉等篇，由蘭開出版社出版。
十一月，短篇小說集《輪椅》，包括〈泥濘路〉、〈山徑〉、〈砂丘之女〉、〈只那麼一霎那〉、〈閃爍的浪花〉、〈崖葬〉、〈昨夜多清淨〉、〈鵝公髻山〉、〈霧裏的木板橋〉、〈傷心碧山路〉、〈此情綿綿〉、〈輪椅〉等篇，由臺灣商務印書館出版。

一九六九年　45歲　三月，隻身北上擔任《臺灣養雞》雜誌編輯。由此學到不少編輯實務與畜牧知識，可說是此生命運的轉捩點。

一九七〇年　46歲　四月，發表短篇小說〈重疊的影子〉於《聯合報》副刊。
五月，發表中篇小說〈猴妹仔〉於《臺灣新生報》副刊。
六月，應省新聞處邀請撰寫的省政小說《春滿八仙街》被列爲「省政文藝叢書」出版；同月參加《聯合報》副刊接力小說第七棒，〈星光閃閃狗尾草〉，並於該刊連載。
七月，發表短篇小說〈蛇果〉於《中國時報》副刊。
十月，發表短篇小說〈黑潮〉於《聯合報》副刊。
十一月，發表〈炮樹遮天〉於《中國時報》副刊。
十二月廿日母親逝世，享年六十六歲。

一九七一年　47歲　一月，發表短篇小說〈春之聲〉於《中國時報》副刊。
八月，舉家遷至臺北公館賃屋居住。

一九七二年 48歲 十二月起中篇小說〈溫泉窪〉於《新文藝》連載。

一月，短篇小說〈異客〉被收錄於《中國文學大系小說第二輯》，由巨人出版社出版；同月發表短篇小說〈禿頭灣的海灘〉於《中國時報》副刊。

二月，發表〈小船與笛子〉於《中華日報》副刊。

三月起借住親族位於萬華的房屋，生活大爲安定。

一九七三年 49歲 十一月，創辦《現代畜殖》雜誌，同時辭去《臺灣養雞》雜誌主編職。

一九七五年 51歲 兒女陸續投入《現代畜殖》編輯行列，使得社務蒸蒸日上。

一九七六年 52歲 九月，短篇小說〈女司機〉被收錄於《聯副廿五年小說選》上冊。

一九七七年 53歲 四月，創辦另一本《養魚世界》雜誌。十月短篇小說集《崩山記》及翻譯本《日本法網》，由文華出版社出版。

一九七九年 55歲 二月，舉家遷居臺北汀州路自宅居住。同月短篇小說〈渡邊巡查事件〉被收錄於《當代中國新文學大系》小說二集，由天視出版社出版。

一九八一年 57歲 一月，參加登山會活動，自此幾乎爬遍郊山，遠征至全臺各個角落。

一九八二年 58歲 五月，雜誌創刊十週年，特出版《臺灣的養豬事業》叢書作爲紀念。

一九八三年 59歲 另一叢書《臺灣的養雞事業》相繼由自辦的雜誌社出版。

一九八六年 62歲 四月廿六日，父親逝世，享年八十七歲。

十月，參加玉山登山活動。

一九八七年 63歲 五月，叢書《養蝦總覽》出版。

九月，參加省新聞處主辦的省經建參觀活動。

十月，參加小鬼湖探險活動。

一九八八年　64歲　二月，參加日本北海道雪祭之旅二週，爲生平第一次出國。

六月，參加大霸尖山朝聖活動。

十月，參加行政院新聞處主辦的經建參觀活動。

一九八九年　65歲　四月，美西旅遊三週。

十一月，參加北大武山登山活動。

一九九〇年　66歲　十月到大陸探親，遊黃山、長江三峽、石林等。

國家圖書館出版品預行編目資料

鄭煥集 / 鄭煥作. -- 初版. -- 台北市 : 前衛,
1991[民80]
292面；15×21公分. --
(台灣作家全集. 短篇小說卷,
戰後第一代：7)
ISBN 978-957-9512-82-4(精裝)

857.63　　81004074

鄭　煥集

台灣作家全集・短篇小說卷／戰後第一代(7)

作　　者　鄭　煥
編　　者　彭瑞金
出 版 者　前衛出版社
10468 台北市中山區農安街153號4F之3
Tel: 02-25865708　Fax: 02-25863758
郵撥帳號：05625551
E-mail: a4791@ms15.hinet.net
http://www.avanguard.com.tw
出版總監　林文欽
法律顧問　南國春秋法律事務所 林峰正律師
出版日期　1991年07月初版第 1 刷
2010年01月初版第 6 刷
總 經 銷　紅螞蟻圖書有限公司
台北市內湖舊宗路二段121巷28.32號4樓
Tel: 02-27953656　Fax: 02-27954100

Printed in Taiwan　ISBN 978-957-9512-82-4
定　　價　新台幣280元

3 名家的導讀

首冊有總召集人鍾肇政撰述總序，精扼鈎畫出台灣新文學發展的歷程、脈絡與精神；各集由編選人寫序導讀，簡要介紹作家生平及作品特色，提供讀者一把與作家心靈對話的鑰匙。

4 深度的賞析

每集正文之後，附有研析性質的作家論或作品論，及作家生平、寫作年表、評論引得，能提供詳細的參考。

5 精美的裝幀

全套50鉅冊，25開精裝加封套及書盒護框，美觀典雅。